風雲時代

財神門徒

之3 金鼎一號

劉晉成 著

財神門徒

目錄

第一章 翻身

溫欣瑤在辦公室內拍拍手掌：「各位同事過來一下。」

等人全部集中在他倆面前的時候，便將林東介紹給眾人，大家齊聲叫了一聲：「林總好！」

這倒是令林東有點不習慣，他至今仍未習慣自己身分的改變。

這一聲「林總好」，提醒他已經不是證券公司最基層的客戶經理，而是一間投資公司的副總。

副總經理的辦公室與總經理辦公室的裝修基本相同，寬大的辦公桌，舒適的名貴真皮靠椅，後面有排書架，兩旁還有綠蔥蔥的盆栽，只是桌上竟然有三台螢幕。

「坐過去感受一下。」

溫欣瑤以略帶命令的口吻讓林東坐到副總的位置上，林東硬著頭皮坐了上去，他還是第一次坐在那麼舒服的椅子上，這感覺愈加虛幻。

溫欣瑤領著林東在整個辦公室參觀了一圈後，回到了總經理辦公室。

「溫總，我現在還感覺似在做夢。」林東不敢相信這一切，說這一切是為他打造的，鬼才相信。

溫欣瑤半躺在椅子上，露出雪白的脖頸和完美無缺的下顎線條，手臂交叉放在胸前。

「林東，我早就留意你了，你在黑馬大賽中的驚人表現和你的客戶同買同賣那幾支連續漲停的股票，讓我發現了你就是一塊蒙塵的金子。元和是個小池塘，根本沒有足夠的空間讓你施展拳腳。你需要一個人來引你入正軌，你有才華有能力，那麼就盡情發揮吧！這是一個屬於你的空間，我不會做太多干涉。」

林東摸了摸腦袋，笑問道：「承蒙溫總厚愛，可我到現在還不知道自己具體要做什麼。」

「這是一間投資公司，一切手續我都已辦妥。簡單來說，就是讓客戶投錢，由你來操作，收益分成。你要做的，就是滾雪球般滾大客戶的資產，公司從中汲取收益，明白了嗎？」

「溫總，我明白了，咱做的是私募啊。」林東訝然，溫欣瑤的意思就是讓他做操盤手，這操盤手可不是一般人能做的，對一個人的投資經驗、手法和心理都有極高的要求，他不知道是否能夠勝任。

「不必擔心違法，我們是正規註冊的公司。不過公司剛剛起步，沒有業績，很難有人會主動投錢給我們。所以這些日子我會去跑一些客戶，第一筆啟動資金不會太多，你一定要一炮打響。有了名氣，接下來我們會做得很輕鬆。當然，我也知道你自己也有不少大客戶，肥水不流外人田，你也可以拉過來投資。你作為公司副總，同時也是首席投顧，身上的擔子不輕。不過你放心，公司的利潤我會分三成給你，拿多拿少，就看你自己的本事了。」

林東心中默默一算，幾千萬的資金操縱在他手裏，從股市裏打個滾，說不定就能賺上幾百萬，如果賺來一千萬，他將分到三百萬，那他就贏了和高五爺的賭約。

林東越想越激動，站起身來，正色道：「請溫總放心，我定當竭盡全力為公司謀利。」有了玉片幫助，他既能預知大勢，又能抓準個股，林東此刻雄心萬丈，充滿信心。

溫欣瑤笑靨如花：「公司雖小，不過在不久的將來，我相信我們會成為資本市場上一顆閃耀的明星。最近我會招些人給你做下手，該配上的部門都會到位。」

林東想到紀建明三人，便問道：「溫總，如果需要人手，我倒是有幾個合適的人選，都是你認識的。」林東將紀建明三人的名字報了出來，溫欣瑤曾經掌管元和的拓展部，這三人都是她熟悉的，身上皆有閃光之處，尤其是劉大江，眼光獨到，操作穩健，與林東互補，更是不可多得的人才。

「好，這事就由你去辦。如果他們願意過來，薪資將會比元和翻倍，福利方面也不會差。」

「太好了，我代他們多謝溫總。」林東神色激動，恨不得立馬就將這個好消息告訴劉大頭三人。

溫欣瑤冷冷道：「不用謝我，是他們值那個價。」

林東忽然想起一事，問道：「溫總，說了那麼多，公司叫什麼名字，我還不知道哩。」

「金鼎投資。」

為了給公司取個吉兆的名字，溫欣瑤前段日子專門去了一趟武陽山，請裏面的真人卜了一卦，最後才敲定了這個名字。

「鼎乃鎮國之重器，金鼎投資，好名字。」林東贊道。

林東在電梯門即將關閉之前進了電梯，忽然闖入的英俊小生立時引發不少女人驚呼。這些都是在建金大廈上班的都市白領，穿著絲襪套裙的美麗佳人們見了俊男，紛紛低語議論，心裏祈盼著能與這位陌生而帥氣的男人在同一家公司上班。而電梯裏的男人，則對這個闖入了的傢伙懷有敵意，投來不友善的目光，這倒也不枉林東早上的一番打扮工夫。

電梯停在廿三層，林東出了電梯，更有幾個膽大的女子尾隨他出了電梯，只為看看這人究竟供職於哪家單位。

進了辦公室，林東見到了幾個陌生的面孔，心想應該是溫欣瑤招來的兵馬。瞧見溫欣瑤辦公室的門開著，林東邁步走去，心中一遍遍告訴自己，現在他和溫欣瑤是工作上的搭檔，拋開她的老闆身分不說，二人之間應該是平等的，沒必要見到她就緊張。

「溫總。」林東站在門口敲了敲門，禮貌地問了一句：「我可以進去嗎？」

「進來。」溫欣瑤正在低頭處理公務，也不抬頭，冷冷說了一句。不知怎的，林東再一次不爭氣地緊張起來，手心冒汗，還是克服不了見到溫欣瑤就緊張的毛病。

「把門關上。」溫欣瑤提醒了一句，然後請林東在對面坐下，等她處理完手上的事情，這才抬起頭來。

「林東，你作為我的副手，我想咱們還是分分工比較好。總的原則就是各取所長，公司的管理歸我來，而關於資金的運作則由你負責。你沒意見吧？」

林東答道：「這樣很好，正好發揮各自所長，很合理。」

「我帶你出去認認人。」溫欣瑤起身走出辦公室，她今日穿著黑色的小西裝和白色的短裙，走起路來高跟鞋踩在地板上的聲音似乎暗合心跳的節奏，林東的心不禁隨之跳動。

溫欣瑤在辦公室內拍拍手掌：「各位同事過來一下。」等人全部集中在他倆面前的時候，便將林東介紹給眾人，大家齊聲叫了一聲：「林總好！」這倒是令林東有點不習慣，他至今仍未習慣自己身分的改變。

這一聲「林總好」，提醒他已經不是證券公司最基層的客戶經理，而是一間投資公司的副總。

金鼎初建，為了節約成本，溫欣瑤砍去了那些可有可無的部門，等到公司做大之後，隨著所涉及的業務領域增多，配套的部門也將及時組建，不過在初期，銀子應該花在最重要的地方，其他地方則能省則省。

溫欣瑤深諳運作之道，處理這一切自然得心應手，目前整間公司加起來也才九個人。兩個財務，一個人事，一個後勤，剩下的除了林、溫，就是劉大頭三人。

劉大頭三人被分到資產運作部，配有單獨一間辦公室，由林東管轄。這是金鼎投資的拳頭部門，為了能提供舒適的工作環境，溫欣瑤不惜血本，將辦公室內裝修得極為舒適，所有辦公設備幾乎全是最好的。

溫欣瑤在資產運作部的辦公室開了個短會，強調目前公司的處境和亟待解決的問題。

「各位，公司初創，一切都剛剛起步。資產運作部作為公司盈利的唯一來源，各位都是精英中的精英，接下來可能會有一段攻堅的苦日子，我希望大家做好心理準備。」

溫欣瑤說到此處，略一停頓，目光從劉大頭三人臉上掃過，看到的是他們熾熱的眼神，人人都是鬥志昂揚。

「各位的精神面貌令我十分欣慰。言歸正傳，下面我來為大家介紹金鼎第一個資產集合管理產品。」溫欣瑤拿起遙控器按了一下按鈕，布幕緩緩垂落，投影機將她做好的演示文稿投射在布幕上。

林東四人都在券商工作過，對這個東西並不陌生，無需溫欣瑤講解也能看明白。

溫欣瑤回頭對他們說道：

「簡而言之，計畫募集的資金待定，投資標的物為股票，投資者人數控制在四十九人以內，單個投資者最小出資金額為一百萬元，而後以十萬元為單位追加。今天是九月一號，無論募集多少金額，本產品都將在本月十五號正式投入運作。」

「林東，你有什麼補充的？」溫欣瑤問道。

林東沉聲道：「眾所周知，目前股市很不景氣，同樣，另一個眾所周知就是機會一直都有，市場也一直孕育著金子。咱們的產品追求的是高收益，因而必然風險也最高，所以應該鎖定客戶，從各自熟悉的高端客戶入手，遊說他們投資。在這裏我得跟大家說聲抱歉，因為我們金鼎是新公司，沒有穩定的客戶源，所以只能發動各位一起開發客戶。各位，咱們必須打響第一炮，一鳴驚人，這關係著金鼎的生死存亡。別人恐懼時我貪婪，機會時刻都在，大家有信心嗎？」

林東陡然提高了音量，劉大頭三人握著拳頭，吼出了自己的心聲：「有！」

溫欣瑤點點頭，嘴角泛起意味深長的一笑，這個林東，倒真是讓她驚喜不斷，除了做股票厲害，煽動人心的本事也了得。劉大頭是今早才得知林東就是金鼎的副總，本來心中還有些不平衡，但看了剛才林東的一番表現後，他終於明白了二人的差距，林東的果敢、堅毅、冷靜，絕對勝自己許多。

劉大頭這樣一想，心中也就釋然了，相反還為自己方才的想法感到羞愧，這份高薪的工作是林東給他的，實在不該心懷嫉妒。

溫欣瑤站了起來，笑道：「你們慢慢討論細節，我就不打擾了。」

溫欣瑤走後，紀建明叫了一聲：「林總。」劉大頭和崔廣才也跟著叫了一聲。

林東看著這三個傢伙不懷好意的笑容，問道：「你們在打什麼主意？」

紀建明嘿笑道：「林總，接下來一周的午飯，您看是不是給兄弟們解決了？」

「午飯沒問題。」林東道：「哥幾個，抓緊聯繫客戶吧？」

眾人分頭行動。

接下來的一段時間，林東四人白天四處奔波，逐個拜訪各自手上的大客戶，就連星期天也都自發放棄了休息，晚上則是聚在公司裏討論如何部署第一筆募集來的資金。四人幹勁十足，經常探討到深夜。

一周時間內，林東將錢四海、趙有才、左永貴和張振東都拜訪了一遍，這四人都是瞭解林東的能力的，聽了林東之言，二話不說當場拍了胸脯，紛紛表示支持他的工作。

張振東和錢四海各投了一百萬，趙有才投了三百萬，左永貴則投了五百萬。陳美玉從左永貴那裏聽來消息，主動打電話給林東，說是也有興趣參加，問林東能不能抽空去她家一趟，好將產品仔細介紹介紹。

陳美玉也是個有錢人，林東是知道的，當下就答應了下來。二人約好次日早上九點在陳美玉位於西山的別墅見面詳談。

其他三人也都沒白忙活，劉大頭總共拉來了五百萬，崔廣才和紀建明稍差，各自拉來了兩百萬。至於溫欣瑤那邊的進展如何，林東則是絲毫不知。這一個星期溫欣瑤都沒在公司出現，二人之間也未聯繫。

但以林東對溫欣瑤實力的瞭解，她拉來的投資金額才是大頭，他們幾個不過是小打小鬧。

這一陣子全身心地投入到工作中，林東渾然不覺已經有一星期沒和高倩聯繫了。直到高倩打來電話，林東這才發覺冷落了這小妮子。

高倩責問道：「林東，為什麼一個星期你一個電話都沒來，你心裏是否有我？」高倩使起了大小姐的性子，發誓絕不主動聯繫林東，哪知這幾日卻似度日如年，一閑下來就是盯著手機，祈盼能看到林東的來電。

「倩，我想你，你在哪裏？」林東柔聲問道。

聽到林東那句「我想你」，高倩再也硬不起心腸，對林東的那點恨意也隨之煙消雲散。

「倩，怎麼哭了，快告訴我你在哪裏，快急死我了。」林東心急如焚，不知高倩為何哭。

「我在你家樓下。」

林東掀開窗簾一角，果然看到了一輛白色的奧迪停在樓下，急忙出去見高倩。

林東將高倩帶到屋裏，看著高倩臉上殘留的淚痕，心痛無比，拿濕毛巾為她擦去淚痕。

「這段時間真的很忙，每天都和大頭他們探討到深夜，我看他們都很疲憊，所以今天就早早讓他們下班回去休息。傻丫頭，你為什麼哭啊，我心都被你哭碎了。」林東真情流露，高倩的眼淚忽地又流了下來。

「壞人，我不告訴你。」高倩嘟著嘴。

林東道：「那好，如果讓我猜到你傷心的原因，那你就不准再哭了好嗎？」

高倩點點頭。

林東盯著她的美目看了幾秒，藍芒從瞳孔深處冒了出來，他這才知道是自己酒後失言，這小妮子是吃柳枝兒的醋了。可如何將和柳枝兒的事情告訴高倩，林東不知怎麼做才是好，想起柳枝兒，原來一直都是他心中的一塊傷疤，每每觸及，都會鑽心地痛。

高倩見他獨自出神，粉拳擂在林東胸口，問道：「喂，你到底猜出來了沒？」

林東臉上掠過一絲慌張，微笑道：「猜不出，任憑大小姐責罰。」

高倩哪裏捨得罰他，撲進林東的懷裏，將這一星期的相思之苦化作烈火，點燃了彼此。

二人擁吻在一起，久久才分開。高倩臉上還殘留著淚痕，林東細心地為她擦拭，她幾次張口想問柳枝兒是誰，卻又都是話到嘴邊又咽了回去。何必對一個已經是過去式的人心懷芥蒂？高倩知道，此時此刻，林東是屬於她的。

林東坐在沙發上，高倩枕著他的腿，睜著一雙美麗的大眼睛看著林東，長長的睫毛時而抖動，俏麗之極。

「東，我不想回家了，今晚住你這裏可以嗎？」

林東自然一萬個願意，隨即答道：「公主殿下，我這裏就是你的行宮，你想住多久住多久。」

高倩伸出纖細雪白的小手，放在林東的下巴上，摸著他堅硬如針的鬍渣，深情地凝望著他。

「倩，我去把熱水器開了。」

林東作勢欲起身，高倩卻咯咯笑了出來：「壞人，你想得美，我才不會留在你的狗窩過夜呢。」高倩忽然坐了起來，穿好鞋子，站起身來整理好衣服，拎起她的小坤包就往門口走去。

林東一頭霧水，跟在她後面，以為高倩還為柳枝兒耿耿於懷。將她送到樓下，高倩忽然回頭在林東臉上吻了一下。

高倩把包放進了車裏，雙臂勾住林東的脖子問道：「東，你想要我嗎？」

林東未料她會突然有此一問，本能的反應促使他點了點頭，嗓子裏像著了火般燒得難受，說了一個「想」字就再說不出別的來，眼睛緊緊盯著高倩。

高倩卻在此時發出一聲長歎：「東，我不能留下來過夜。在我爸沒同意我們正式交往之前，如果我們放縱了情欲，他知道後必會震怒，我怕他會對你不利。原諒我不能陪你好嗎？」

林東能說什麼，有一個這樣事事為他著想的女友，實乃三生修來的福氣，本已高漲的情欲忽然之間沖淡了，心田裏唯一剩下的就是淡淡卻雋永的感動，幸福的滋味是什麼，他終於嘗到了。

「我是屬於你的，等你贏了和我爸爸的賭約，讓他同意我們交往。」

高倩低下頭去，羞紅迅速蔓延到耳根，聲若蚊蚋，幾乎令林東聽不清楚她說了什麼：「那時，你想對我做什麼，我都依你。」

林東愣在原地，仍在回味高倩方才所言，而高倩早已上了車，開著車疾馳而去。等他回過神來，伊人早已遠去。

第二章 溫氏傳奇

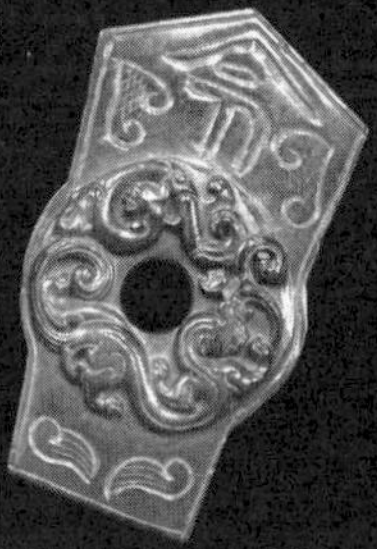

溫家每天都可從各種媒體中聽到溫國安的消息，
關於他成功的事如雪片般不斷飛入這個破敗的家族。
溫國安成功了！
在商界他是實力不可小覷的議員，在政界他是一呼百應的商盟主席，
總統親自頒發給他「太平紳士」的勳章，並請他和太太遊歷白宮。

次日到了班上，人人都發現年輕的林副總像是打了雞血似的，整個人充滿了活力，整個公司在他的帶動下，也都煥發出了前所未有的強勁動力。昨天和陳美玉約好了今天九點在她的西山別墅見面，林東回公司拿齊了資料，便急匆匆往西山別墅趕去。

上班高峰期，計程車人滿為患，林東在大廈下等了足足二十幾分鐘，這才攔到了車，心想是不是該買輛車了。如今他地位不同了，堂堂副總，出去代表的是金鼎投資公司的臉面，他倒是覺得搭車沒什麼，不過別人看在眼裏，可能就會對他和金鼎產生輕視心理。

林東心道，抽空趕緊去把駕照考了，考完之後立馬買輛車充充門面。

計程車進入西山之後，穿行在綠葉濃蔭之下，耳邊不時傳來鳥兒的啼鳴。山路曲曲折折，終於在轉了個山坳之後，看到群山掩映中的白牆別墅。遠遠看去，也覺得愜意非凡。林東心中暗自讚歎，這陳美玉真不簡單，竟然能在西山上弄到一塊地，在這裏建個別墅，別有一番閒情逸致。

林東下了車，已經比約定的時間晚到了半個小時。上坡的這一段路，兩旁遍植梧桐，枝繁葉茂，蒲扇大小的圓葉遮住了日光，徒步而上，山風陣陣吹來，怡人的清新之氣吸入肺腑之中，沁人心脾。

久居城市，厭惡了城市的喧囂與躁動，走在這條僻靜的小路上，倒希望路再長點，走得再慢點。

上前按響了門鈴，不一會兒就聽到急匆匆的腳步聲，一個身穿白衣的女傭拉開了門，笑問道：「是林先生吧？快請進。」

院子極大，屋前有個大大的游泳池，林東抬眼望去，陳美玉正在池中游泳。她游泳的動作流利舒暢，激起的水花很小，如一條美人魚般來回折返於泳池的兩端。

林東站在泳池邊上等待，過了十來分鐘，陳美玉才停了下來，游到邊上，笑問道：「林先生是否有興趣共游？」

林東連忙擺擺手，笑道：「陳總游得真好，我看比咱市裏游泳隊裏的游得都好，我豈敢班門弄斧。」他在老家村子後面的水塘裏自學的狗爬式，實在不敢在陳美玉面前獻醜。

陳美玉笑道：「前些日子你推薦的股票，讓我這個對炒股一竅不通的人賺了不少錢，今日我就免費教你游泳吧。跟你說實話，我年輕的時候入選過市裏的游泳隊，不是我自誇，那一屆沒人比我游得更好哩。」

陳美玉雖然年過三十，不過看上去仍是二十出頭的樣子，身材與皮膚保持得都很好，最要命的是她那勝過年輕女生千百倍的媚惑之力。林東實在不敢下水，游得不好丟人也就罷了，最害怕的是在陳美玉這個尤物面前難以自持，露出醜態。

「陳總，真的不必了，我又沒準備。」林東推辭道。

陳美玉叫了一聲：「陳媽，帶林先生去換泳衣。」

方才為他開門的女傭走了出來，林東無奈，只好跟在後面去了。陳媽把他帶進一個房間，挑了一套嶄新的泳衣給林東：「先生，請您換上吧。」

「您出去吧，我自己來。」

陳媽出去之後，林東脫掉了自己的衣服，換上了泳衣，把掛在脖子上的玉片取了下來，放進了褲兜裏。走到泳池邊上，陳美玉看到他健碩的身材不禁發出一聲嬌呼：「林先生，你外表看上去那麼斯文，身上卻如野獸般充滿野性。」

林東臉一紅，笑了笑。

陳美玉催促道：「快下來吧，水裏可比上面舒服多了。」

林東點點頭，進了泳池，不禁渾身一哆嗦。入秋已經好一陣子了，天氣轉涼，山中的氣溫略比市區低了些，他初下池子，不習慣這池子裏的水溫，頓時感到冰冷刺骨。

「陳總，您不怕冷麼？」林東牙關打顫。

陳美玉游到他身邊，在林東周圍繞了一圈，停了下來，笑道：「水溫冷些好，更能促進脂肪燃燒，不是麼？」

陳美玉說得有道理，難怪這女人身材保持如少女一般，看來平時必是下了不少功夫。

「別在水裏泡著，那樣你會覺得更冷。來，游幾下給我看看，然後我再教你些基本動作。」陳美玉站在水中，雙臂交叉放在胸前，因為在淺水區，水面只漫過了她平坦的小腹。

林東深吸一口氣，心想既然都下水了，索性就玩個痛快，於是也不再有所顧忌，俯身往前游了出去。陳美玉笑了笑，隨他往深水區游去，也不見她如何使力，只是一會兒便已超過了林東，回頭一笑。

林東被她激起不服輸的性子，游得更加賣力，只是無論他如何使勁，始終沒陳美玉游得快，反而激起漫天的水花。二人停了下來，經過剛才那一番折騰，林東倒是不覺得水冷了。

「林先生，其實你游得不錯。看好我的示範動作，學會了之後，你的速度將會提高許多。」陳美玉漂在水面上，不厭其煩地為林東一遍遍示範一整套動作，林東看了一會兒，等讓他做的時候，動作又變形了。

「來，你浮在水面上。」陳美玉游到林東身邊，扶著林東的胳膊，教他如何划水，期間免不了肢體接觸，陳美玉上下浮動，林東不經意間地一瞥，差點惹得他流出鼻血。這一節游泳培訓課漫長而又煎熬，林東悔恨當初答應下水，若不然，此刻也無需受此煎熬。

「陳美玉啊陳美玉，你可知我的心有多矛盾嗎？」林東閉上眼睛，不知應該怪自己定力不夠，還是該怪自己太過年輕，總控制不住心裏齷齪的念頭。

也不知過了多久，陳美玉終於「饒恕」了他，說是累了，不游了。林東如蒙大赦，欣然答應，再游下去，他恐怕要爆血管了。

女傭領著林東去了浴室，林東洗完之後換上了衣服，陳美玉在二樓的房間裏等他。林東不知陳美玉搞什麼名堂，談事情應該在客廳，去房間做什麼，心裏又止不住想入非非了。

「林東，你是為工作來的，不是來尋豔遇的。」林東在心裏告誡自己，他早看出陳美玉和左永貴的關係不一般，俗話說朋友妻不可欺，左永貴對他不錯，他可不能做出對不起左永貴的事情。

林東進來時，陳美玉正在梳妝打扮，微微側身對他笑道：「林先生，麻煩你稍等，請坐吧。」林東點頭一笑，在沙發上坐了下來。過了十分鐘，陳美玉梳妝完畢，略帶歉意地笑道：「不好意思，讓你久等了。」

她走到林東面前，林東這才發現陳美玉身上穿的竟是薄如蟬翼的黑色吊帶睡裙，胸前的布紗極少，露出雪白的一片胸脯，走動時，動人的胴體若隱若現，撩人之極。陳美玉將濕漉漉的頭髮盤在腦後，有幾縷貼在面頰上，為她平添了幾分誘人心動的韻味。

早餐送了進來，燕麥粥、牛奶和麵包。

陳美玉邀請道：「林先生吃過早餐了麼？我們邊吃邊談好嗎？」

林東穩定心神，心道切不可胡思亂想，心中告誡自己，來此是為了公務，切不可見色生情！

「謝謝陳總，我吃過早餐來的。」林東婉拒了陳美玉的邀請。

陳美玉嫣然一笑，也未再次央求，看她吃飯，林東心想這世上再沒有比她更優雅的吃相了。

陳美玉忽道：「林先生，你這次來，人家心裏可是生著你的氣哩。」

林東不知是何時何處得罪了她，心中大為不解，笑問道：「陳總，恕我愚鈍，卻不知哪裏開罪了你？」

陳美玉故作嬌嗔道：「你只是把左總當做朋友，有那麼好的投資專案，為何只告訴他而不告訴我？你說我不該生你的氣麼？」

林東弄清楚原因，說道：「哦，原來陳總為這個生氣啊，我一直以為陳總和左總是一家，不分彼此的，所以……」

陳美玉聞言臉一冷，美目之中露出寒光：「林先生，下次切莫犯這樣的口誤了。你的那個產品我已經大概瞭解了，由你操盤我放心。煩請你到樓下等我一會兒，我換件衣服就去辦手續。」

陳美玉態度的陡然轉變，倒是讓林東心裏鬆了一口氣，那些虛幻的綺念也就可以消失了。在樓下的客廳等了一刻鐘左右，便見她換好了衣服，盈盈走來，身姿婀娜。

陳美玉一言不發，林東跟著她走到外面，等了一會兒，陳美玉將車從車庫裏開了出來，載著林東離開了別墅。

車子出了西山，林東為了紓解二人間冷漠的氣氛，主動說道：「陳總，你和左總都是我的朋友。剛才我說錯話了，抱歉。」

陳美玉也不說話，在中午之前來到建金大廈的八層，林東領著她辦完了全部手續，陳美玉說是還有些事情，林東將她送到車庫。令他沒想到的是，陳美玉竟然如此信任他，投資了整整一千萬！不過想起她的熱情與冷漠，倒是令林東產生判若兩人的感覺，看來定是他的話傷害了陳美玉。

不知為何，林東心裏像是被陳美玉種下了一粒種子，陳美玉的倩影時而縈繞在他的心頭。

金鼎投資就像是剛剛破繭成蝶的蝴蝶，睜開雙目看到嶄新的世界，於是便不顧一切振動翅膀。在林東的帶動下，整個公司上下迸發出強勁的動力，一切都朝著好的方向發展。

對於以林東為首的資產運作部而言，他們面臨的挑戰無疑是前所未有的。不久之後他們將運作幾千萬的資金，這是他們四個人之前都不敢想像的巨額數目！

散戶怕技術流，技術流怕莊家，莊家怕惡莊，惡莊怕上市公司高管。

這是林東四人都很熟悉的隱律。作為一間剛剛起來的投資公司，林東四人在資本市場上無名無姓，幾乎連菜鳥都算不上，面臨最迫切的難題就是如何從散戶到莊家的身分轉變。

為了打響第一炮，林東和劉大頭三人沒日沒夜討論投資計畫。目前而言，金鼎沒有專門的情報收集與分析部門，上市公司的各項報告都得由他們自己分析，更沒有公關部門去聯絡溝通上市公司的高管。如何做好金鼎的首發項目，完全只能靠他們四人！深夜兩點。建金大廈八層金鼎投資公司資產運作部辦公室內的燈還亮著，空蕩蕩的飯盒散落在會議桌的一角上。

劉大頭三人熬紅了眼睛，不過精神卻依舊亢奮。

「我同意林東的意見，分散資金，暫時不與別人搶莊，以我們目前的實力，若是遇上了強莊，他們若想碾死我們，比捏死一隻螞蟻還簡單。」林東經過深思熟慮之後，提出了他的操作建議，通過分散資金，儘量不引起關注，避免與莊家爭鋒，繼而通過尋找熱點來獲取豐厚回報。

紀建明皺著眉頭，說出了自己的憂慮：「我說林副總，你有把握抓住熱點嗎？別等到熱點出來之後我們再跟進，那樣風險太大！」

劉大頭和崔廣才也在擔心這個，林東的提議從理論上而言是最好的，不過操作的可行性卻有待商榷。

「老紀，要不要我告訴你一支明天會漲停的股票？」林東盯著紀建明，嘿嘿笑道。

紀建明道：「林總，你倒是說一個給我聽聽。」

「少扯犢子！我哪知道！我就問各位一句，如果我的方案行不通，各位有沒有更好的方案？如果沒有，按照我的方案做！」林東展現出了強硬的一面，他的目光在劉大頭三人臉上掃過，這三人悶聲不語，顯然是想不出更好的辦法。

林東面色緩和了下來：「當然我們不能太冒進，前期而言，我準備用少量的資金去試水，以檢測我們抓準熱點的成功率。」

三人點頭道：「對，畢竟是好幾千萬的資金，賠了的話，咱幾個都得從這兒跳下去，必須小心謹慎。」

林東笑了笑，苦於不能將懷中玉片的特殊異能告訴他們，不然他們就知道他的厲害了！別說抓熱點，就是讓他抓漲停板，也如囊中取物一般容易。

「來，把辦公室收拾一下，我請大家吃宵夜去。」

四人出了大廈，忙了大半宿，肚子裏的晚飯早就消化了，咕咕叫餓。

入秋後的夜，微寒。四人走在空闊馬路上，身邊時而穿過一兩個夜間飆車族。

林東道：「前面有家羊駝子，咱去吃羊肉火鍋吧，我請。」

聽了這話，劉大頭三人來了勁，加快了步伐，往前面不遠的羊肉館走去。

「老闆，二斤羊肉火鍋！」

林東四人在羊駝子門前的露天桌子上坐了下來，叫了一份火鍋。這會兒已經是深夜，沒多少生意可做，老板正坐在那兒打盹，見來了客人，喜上眉梢，麻利地操刀切肉和準備火鍋。

火鍋還未上來，便已聞到了誘人的香味，林東站了起來，說道：「我去路口那家便利店買瓶白酒，吃羊肉得配上白酒，那才痛快！」

崔廣才甩甩手：「你快去吧，來晚了羊肉不等人啊！」

林東笑著往路口的便利店跑去，買了一瓶白酒出來之後，見到路上一輛車降慢了速度拐彎，那車他是熟悉的，正是溫欣瑤的賓士。

「這麼晚了，溫總怎麼還在路上？」

林東心中有疑惑，不禁往溫欣瑤的車內望去。溫欣瑤依舊是冷如寒霜的樣子，車子後面坐著一位老者。

因為夜晚涼爽便放下了車窗，林東看清了那人的模樣，猛然一驚，似乎有在何處見過的感覺，一時卻又想不起姓名。

車子馳過了另一條道，林東看到了那老者的側臉，看著溫欣瑤的表情充滿了慈愛與溫情。

林東拎著酒回來了，火鍋已經端了上來，劉大頭三人都沒動筷子，一個個盯著火鍋猛咽口水。

「你跑哪去了，總算回來了！」

下了班之後，也沒人把林東當做副總，依舊親如兄弟，見他回來了，也就不再客氣，紛紛動起筷子狼吞虎嚥。林東坐下之後，問老闆要了四個紙杯，給每人倒一杯，大概二兩酒。

林東端起酒杯，笑道：「這些日子兄弟們辛苦了，來，乾一杯！」

三人端著酒杯，驚愕地看著他：「我的林總，這可是二兩白酒，能乾嗎？」

林東這才發現失言，笑道：「來，喝著！」

四人邊吃邊喝，漸漸聊開了話題。

紀建明賊兮兮地道：「林東，剛才你去買酒的時候，你猜我們看見誰了？」

「溫總！」林東一口報出了答案。

紀建明這才想起溫欣瑤的車子是從路口轉過來的，問道：

「唉，我見到後面坐了個人，肯定是男的，不過離得太遠，沒看清楚。林東，你看清楚了嗎？是不是咱溫總的那個啥？」

林東在紀建明的腦袋上拍了一下：「你老眼昏花？愣把女的看成男的！車後面坐著的，我看得清清楚楚，那是個女的，還是上了年紀的！」

聽林東說得如此肯定，紀建明搖搖頭，心想應該是自己看錯了。

四人吃著喝著，期間又讓老闆加了二斤羊雜，等到酒喝得見了底，火鍋也吃得只剩湯水，時間已經到凌晨四點，四人就在羊駝子門口散了，各自回家睡覺去了。

「今日快訊：著名華僑、美國華人工會主席溫國安先生昨日突發重病，引起溫氏家族旗下多家上市公司股價震盪下挫。其子溫孝儒已宣佈代父掌管家族旗下所有企業，並宣佈將增持旗下上市公司的股票。」

林東正在洗漱間刷牙，聽到電視裏財經新聞傳來的消息，衝到客廳，看到螢幕上溫國安的照片，身軀一震。

難怪昨晚看到坐在溫欣瑤車後座上的老頭有眼熟的感覺，原來竟是經常見諸報端的溫氏集團總裁溫國安！

林東走在上班的路上，越想越覺得不對勁，新聞裏報導說溫國安突發重病，不過昨晚他看到溫國安氣色不錯，根本不像是生病的樣子。

更令人疑惑的是，溫國安久居美國，此次為何突然回國，他與溫欣瑤到底是什麼關係？

一切都顯得頗為撲朔迷離。

「溫總久未在公司露面，是否與溫國安有關？」

林東想不清楚其中因由，隨著人潮進了建金大廈的電梯。金鼎公司的人事部員工楊敏，是個剛從象牙塔裏走出的美麗女生，清純可愛，與林東同乘一部電梯，見了他怯生生叫了聲：「林總好！」

林東點點頭，和楊敏打了聲招呼。

楊敏站在林東的身後，心怦怦直跳，緊張得手心出汗，她自己也不知為何，每次在公司見到林東，便不由自主地低頭臉紅。

進了辦公室，林東搜索了一下關於溫國安的資料，對他有了大概的瞭解，不禁心生感歎，此人真乃商業奇才！溫國安出生於國內，乃溫家庶子，自幼不得寵愛，母親早逝，父親死後便再無親人問他。後來中國經歷了一些變革，溫氏家族被迫遠走海外。

溫家定居美國之後，溫國安離開家族，獨自一人走遍美國大小各州，待到他再次回歸家族之時，已是十年之後。

那十年之內，溫家上下老小幾乎每天都可以從各種媒體中聽到溫國安的消息，關於他成功的消息如雪片般不斷飛入這個破敗的家族。

溫國安成功了！

在商界他是實力不可小覷的議員，在政界他是一呼百應的商盟主席，獲得無數榮譽，總統親自頒發給他「太平紳士」的動章，並請他和太太遊歷白宮。

看完溫國安的履歷，關於他成功的事例多如牛毛，他的生意涉及金融、科技、軍火、航太、礦產等等，幾乎所有賺錢的領域都有他公司的身影。不過關於他家庭的介紹卻僅有寥寥數語，僅憑那短短的幾行字，實在難以推斷出他和溫欣瑤的關係，不過林東認為，他們不會只是同姓那麼湊巧。

「溫總好！」

聽到外面職員和溫欣瑤打招呼，林東起身出了辦公室，打算跟溫欣瑤彙報一下近一階段公司的狀況。

「溫總。」林東笑著叫了一聲，走到溫欣瑤身邊：「有事情跟你彙報。」

溫欣瑤看上去有些疲倦，卻絲毫不減動人心魄的美麗：「林東，進我辦公室說吧，我也正有事找你。」

溫欣瑤沖了一杯咖啡，她的臉上綻放出一絲難得一見的笑容，說道：

「林東，剛才我進公司看到大家的精神都很好，充滿了鬥志，這樣很好。我們是一家新公司，論實力無從談起，只有拚努力，拚幹勁！我知道這與你的榜樣作用是分不開的，看來即便沒有我，你也有能力管理好公司。」

林東擺擺手，謙虛道：「溫總謬贊了。公司沒有您坐鎮，我心裏忐忑得很。」

林東頓了一下，言歸正題：「溫總，我來彙報一下最近的情況吧……」

林東將資產運作部四人跑來的客戶情況和擬定的策略彙報了一遍，溫欣瑤完全贊同林東的策略。

「林東，我善於管理，投資方面的能力就很一般了。不過聽了你的策略，我也建議暫時不要與莊家發生衝突，可以分散資金，分批注入，最好悄無聲息不引起別人注意。」

林東問道：「溫總，我們資產運作部這些日子也在拉客戶來投資，已成功招攬了兩千九百萬的投資金額，我想問一下你那邊的情況，然後根據資產的情況來做一個統籌分配。」

溫欣瑤略帶歉意地道：「我前段時間有點私事，因而投資還沒什麼動靜。」

林東也不再多問，站起身來：「溫總，你忙吧，我沒什麼事了，這就出去了。」

資產運作部的辦公室永遠都是金鼎投資最熱鬧的地方，林東老遠就聽到了劉大頭三人激烈的爭吵聲。推門進來，發現三人爭得臉紅脖子粗的，各執己見，互不相讓。

「哥幾個怎麼回事，要幹架還是怎麼地？」林東笑著走進辦公室。

三人見他來了，將林東按在椅子上，崔廣才先開口道：

「林東，你覺得接下來的熱點會是什麼？我覺得食品行業肯定有戲，不管怎麼說，人總不能斷了吃喝。」

林東還未來得及開口，紀建明搶先說道：「老崔，照你這話，咱們應該重點關注的行業多了去了，衣食住行，哪樣是可以缺少的？」

劉大頭哼了一聲：「你倆的話太粗糙，大道理大家都知道，但是別忘了，股市如戰場，瞬息萬變，賺錢的永遠只是少數人，大家都能想到的，鐵定沒戲！」

三人互不服氣，把目光投向林東，異口同聲道：「林東，你說！」

林東朝他三人看了一眼：「你三人別站著，都坐對面去。」待到三人坐定，林東拿起水筆，在白紙上寫下了「酒」、「氣」、「農」三個字，然後將紙丟給了對面的三人。

「酒，就是釀酒行業；氣，說的是葉岩氣；農，說的是農林牧漁。哥幾個，我要你們在這兩天之內，將這三類所涉及的上市公司全部篩選出來，之後逐個比對篩選，選出公司業績好、股價估值低的出來。」林東盯著面前的三人，沒有說理由，直接吩咐他們去做。

「有意見嗎？」林東問了一句。

三人搖搖頭，對於林東所選出的三個行業雖然有不同看法，卻都相信林東的能力，畢竟林東在黑馬大賽中的神奇表現是無法磨滅的，他們對於林東抓熱點的能力倒是不懷疑。

「哥幾個別愣著了，開始行動吧，大戰即將打響，從現在開始，我們要爭分奪秒與時間賽跑！」

林東帶頭行動起來，做了分工，四人倒也效率極快，忙起來的時候半天不說話，連午餐都是叫外賣。草草吃了午餐，林東命令他們停止手上的工作，強制休息半小時。

下午開工之後，三點鐘左右，楊敏推開了資產運作部的辦公室，探進頭來笑道：「林總，有個來應聘的，各方面條件還不錯，你是否過來面試一下？」

林東放下手頭的事情，抬頭問道：「面試不是都由溫總負責的嗎？」

楊敏被他一問，以為林東是在責備她找錯了人，頓時臉上飛起一片紅霞，羞紅迅速蔓延到了耳根，低聲道：「溫總說過，她不在的時候就由您負責。」

「小楊，不好意思，是否我剛才說話的語氣衝了些，你別介意，實在是太忙了。把應聘的人叫到我的辦公室，我在辦公室裏等他。」林東起身朝外走去，對楊敏燦爛一笑，卻讓她的臉愈加紅了，像是飲醉了酒似的。

楊敏走在林東前面，點了點頭。

過不一會兒，就聽到了敲門的聲音。

「請進。」

楊敏推開了門，身後跟著一個人，低著頭，西裝革履的，穿戴很整齊。楊敏把他的簡歷放在林東面前的桌子上，介紹道：「這是我們林總，是你的面試官。」

「坐吧，能自我介紹一下嗎？」林東低頭翻開簡歷，頭也未抬地道，當他看到第一頁的照片和姓名，猛然將頭抬了起來。

「林總好，我叫徐立仁，畢業於……」

徐立仁看到林東的臉，之前準備好的話全噎在了嗓子裏，一個字也說不出來。

「林東，你是這家公司的老總？」徐立仁難以置信地看著林東，他如何也難以接受這個事實。

林東也不禁笑了笑，世事弄人，沒想到曾經不可一世的徐立仁竟然淪落到了到他這裏謀份差事的地步。

「小楊，徐先生是我的老朋友了，給他泡杯茶。」

徐立仁蔫了，徐徐問道：「林東，當初我那麼對你，你還對我那麼客氣？」

林東答道：「徐立仁，若不是你，我不會離開元和，不離開元和，也不會有今日。不管你曾經在背後對我使過什麼陰招，但從客觀來講，是你幫助了我。咱們今日有緣再見面，我難道連請你喝杯茶的氣度都沒有嗎？」

楊敏泡好了熱茶，放在徐立仁面前的桌上，退了出去，關上了門。

徐立仁端起茶杯，本想喝口茶緩解一下心情，卻不知熱茶燙嘴，一不小心打翻了茶杯，燙到了手，模樣狼狽不堪。

二人沉默不語，過了許久，徐立仁像是下了很大的決心似的，抬頭問道：「林東，哦，不，林總，我很需要一份工作，能不能給我一次機會？」

林東默然看著對面的徐立仁，聽他講述離開元和之後的慘狀，魏國民的能量果然非同凡響，一句話就讓徐立仁無處安身，竟沒有一家金融行業的公司願意給徐立仁一碗飯吃。

「女朋友見我天天窩在家裏無所事事，前幾天和她單位的一個男人好上了，我現在是人財兩失，苦不堪言。」

徐立仁抬起頭，一臉的淒慘相，眼中露出乞求之色：「林總，看在咱們往日同事一場的份上，求你能不能賞我口飯吃？」

林東乾脆地回答了徐立仁：「徐立仁，我可以聽你訴苦，像老友般寬慰你幾句，不過我不會給你工作。或許你還不知道，公司真正的老闆是溫總，你認為她會接受你嗎？」

徐立仁的臉色變得無比難看，面色陰沉，霍然起身，一句話也沒說，飛也似的逃離了林東的辦公室。

他在林東面前顏面盡失，早知他如此不講情面，就不該將自己描述得那麼淒慘，以至於喪失了僅存的尊嚴。

出了金鼎投資的門，徐立仁一拳重重地擂在堅硬的牆壁上，痛得他齜牙咧嘴，心裏將林東恨到了極點。

「剛才那人是不是徐立仁啊？」

林東回到資產管理部的辦公室，紀建明問了一句，林東點點頭。

「哼，他還敢來這裏求職，瞎眼了吧！」紀建明三人心中忿忿不平，想起徐立仁當初的卑鄙手段，看到他如今的境遇，心裏真有說不出的痛快。

林東笑了笑，說道：「時間緊，任務重，抓緊幹活吧。」

下午五點前，林東接到了胡嬌嬌的電話。

「林先生嗎，我是嬌嬌，請問你今晚有約嗎？我們高總想約你吃頓飯。」胡嬌嬌嗲聲道。

以高玉龍的身分地位竟然主動約他吃飯，倒是令林東大吃一驚：「胡秘書，煩請你轉告吳總，我今晚有空。」

胡嬌嬌發出銀鈴般的笑音：「林先生，今晚六點半，羅浮法國餐廳，不見不散喲。」

掛了電話，林東抬頭問道：「喂，哥幾個誰吃過法國菜，有什麼講究沒？是左手刀右手叉，還是右手刀左手叉？」

三人埋頭工作，無一人理他，弄得林東很無趣，隨即也投入了工作中。

到了五點半，林東站起身來：「我今晚有個應酬，哥幾個要不也早點回去休息，身體是本錢，可不能為了工作而賠了本錢。」

劉大頭甩甩手，不耐煩地道：「我的林總，你趕緊滾吧，別妨礙我研究財報。」

林東出了公司，心中欣慰，劉大頭三人不但將手頭的事情當成一份應當盡心盡力的工作，更將其視為奮鬥的一份事業。

他相信，在不久的將來，這支年輕的團隊，將會是馳騁資本市場的一匹黑馬，所過之處必然掀起一股颶風！

搭車到了羅浮餐廳門前，下了車，一眼望去，便感受到了這間餐廳非凡的氣派，從外面看去竟像是座古堡。林東走到門前，門前站著一個身姿挺拔的侍者，是個高鼻樑深眼窩的外國人。

高大的侍者為林東拉開了門，說了一句他聽不懂的鳥語，也不知是什麼意思。進入餐廳，還未來得及感受一下餐廳內濃郁的法式設計，便聽到了胡嬌嬌發嗲的聲音。

「林先生，高總已經到了。」胡嬌嬌走到林東身旁，挽起他的胳膊，卻發現林東站著不走了。

「怎麼了，林先生？」胡嬌嬌穿了一件紫色的晚禮服，胸口開得很低，故意在他面前含胸彎腰，露出深深的乳溝。因為晚禮服露出了整個背部，因而無法穿戴文胸，無限春光便不時暴露出來。

林東邁步疾行。胡嬌嬌拎著長裙，腳下踩著高跟鞋，艱難地跟上林東的步伐。她見過的男人無不垂涎她的美色，而林東竟然能抵禦得住她三番五次的誘惑，胡嬌嬌驚訝之餘，心中也生出了一股非拿下林東的狠勁。

「高總，您百忙無暇，能與您共進晚餐，林東之福啊！」

高玉龍從座位上站了起來，滿臉堆笑：「老弟能來就是給我面子，我這頓飯可不是白請你吃的，待會還得跟老弟多多討教投資之道啊。」

二人寒暄了一氣，高玉龍請林東落座，胡嬌嬌坐在高玉龍的身邊，嘟著嘴，一臉的不悅。

高玉龍看在眼裏，問道：「怎麼了？小胡，誰又惹你生氣了？」

胡嬌嬌不說話，卻抬頭看了林東幾眼，高玉龍是明眼人，頓時就明白了，心裏倒是有幾分佩服林東，男人最無法抵禦的誘惑就是美色，未曾想林東正值血氣方剛之齡，卻能有如此定力，實乃不易。

侍者送來了晚餐，開了一瓶紅酒，為三人倒上。

高玉龍舉杯和林東碰了一下，笑道：「這兒的法國紅酒道地，不似外面市場上出口轉內銷的假貨。你品品，什麼感覺？」

林東豈懂得品酒，隨口答道：「味道甘醇，口感綿柔，是好酒，不錯！」

高玉龍笑道：「敢情老弟也是行家啊！」

林東知他是奉承之言，場面上的事，心知就行，無需點破。二人推杯換盞，倒是冷落了一旁的胡嬌嬌。聊到股市，胡嬌嬌更是絲毫不懂，無聊地玩起了手機。

「這麼說，林老弟如今是在投資公司任副總嘍，真是年輕有為啊！祝賀你高升，Cheers！」

二人碰了一杯，高玉龍開口道：「若不是最近手頭緊張，我倒也很想在老弟的公司投幾百萬玩玩，由你操盤，肯定穩賺不賠啦。」

高玉龍老奸巨猾，豈是因為手頭缺錢，不過是對林東的新公司心存疑慮罷了，心想錢是賺不完的，日後再投也不遲，先且看看，持幣觀望才是王道。

「等金鼎做大了，免不了麻煩高總，不管怎麼說，法律顧問這一塊都得交給玉龍律師事務所這樣實力與名望兼備的大公司！」

與這種老油子打交道，最忌滿口真話，滿口跑火車也無妨，反正雙方各有戒心，亦無需坦誠相待。隨著人情世故的漸漸練達，林東亦開始變得圓滑世故。

一頓飯的時間，高玉龍大部分時間都在套問林東關於股市的熱點和走勢。身旁的胡嬌嬌雖不懂股市，卻最懂得自己的老闆，深知高玉龍的這頓飯必不會白請。

酒足飯飽之後，高玉龍平拍拍胡嬌嬌的香肩：「小胡，你送林老弟回去，他喝了酒。」高玉龍此舉另有深意，倒是想看看林東的定力有多強。

連續幾日，全球各大媒體都在爭相報導華人傳奇富商溫國安突然重病入院的消息，一時間已成為時事熱點。

隨著多家媒體的不斷跟進，不斷有重磅消息爆料出來，一石激起千層浪，溫氏家族旗下的上市公司股價連續下行。

更有評論家指出，若溫國安再不現身穩定局勢，溫氏家族的資產將會在短時間內縮水一半。

林東到了公司，劉大頭三人也相繼到了。一問之下，才知道這哥仨昨天又奮戰到夜裏兩點。

「林總，你瞧瞧吧，你要的『酒』、『氣』、『農』三行業的代表公司，咱全部整理出來了。」

紀建明將資料放在林東面前，打了個哈欠。

如此繁重的工作量，這哥仨竟然那麼快就篩選好了！

林東笑道：「哥幾個中午想吃啥，我請客。」

崔廣才大聲道：「必須得吃點羊肉補補！」

「好！中午就去羊駝子吃羊肉，現在抓緊時間幹活，選出我們不久之後將要投資的公司。」

四人一直忙到中午，林東打電話把高倩也叫到了羊駝子，五人在一起快快樂樂地吃了一頓羊肉。

因為眾人的努力，工作進度要比林東預想得快很多，他見紀建明三人個個都頂著黑眼圈，眼睛裏更是血絲密佈，心想別在大戰開始之前就把這哥仨熬垮了，便將三人趕了出來，鎖了資產運作部辦公室的門，強令他們回去休息。

林東剛回到家中，鞋子還沒來得及換，忽然接到了溫欣瑤的電話。

「林東，還在公司嗎？」

「在家，怎麼了，溫總？」

溫欣瑤問道：「告訴我地址，我驅車過去接你。」

溫欣瑤做事一向不說理由，她就是這種風格，林東是瞭解的，便也不問原因，答道：「江南水鄉，溫總，我在東門口等你。」

第三章

禽獸的淫爪

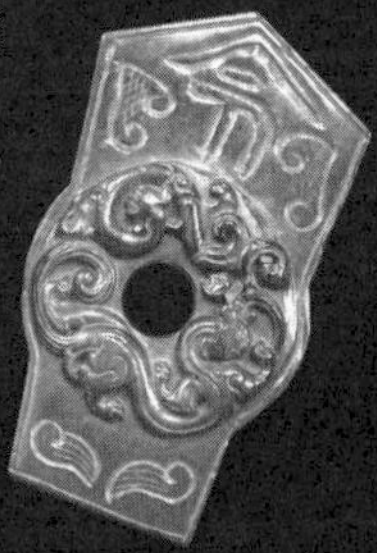

林東已經感到頭開始發暈，
在二人身上搜索了一番，果真沒找到解藥，心知不妙，
必須將溫欣瑤儘快帶離此處，若再耽擱，恐怕他一倒下，
溫欣瑤還是難逃這兩個禽獸的淫爪。

林東洗了把臉，匆匆出了門，趕到東門口，溫欣瑤隨後也到了，將車停在門口，林東快步上前拉開車門，坐在副駕駛的位置上。

溫欣瑤腳踩油門，車子快速往前駛去。

「今晚帶你去見兩個人，都是有名的人物，和我是相識的朋友，聽說我開了投資公司之後，表示很感興趣。待會見了面，和他們聊聊你的投資觀念。」

林東並無把握說服陌生人，他的客戶都是見過他超強的選股能力的，當下心有疑慮，問道：「各人觀念可能不同，如果與我觀念相左，恐怕他們會不樂意投資啊。」

溫欣瑤輕哼一聲，笑道：「那兩人是典型的錢多人傻好忽悠，只要你說得頭頭是道，包管他們說不出一句反駁的話。」

車子駛離了市區，往溪州市方向駛去，後又上了高速。驅車一小時，進了一片山林，林東朝窗外望去，但見滿山皆是梅樹，便知道是到了梅山了。

「溫總，他們住在梅山上啊？」

溫欣瑤點點頭：「別驚訝，現在的有錢人嚮往田園生活，都喜歡在山上河邊弄塊地建個獨棟別墅，一來可以炫耀財勢，二來還能表明淡泊明志的心態，其實都是沽名釣譽之徒。」

賓士在崎嶇的山路上無法發揮出應有的實力，車子開得很慢。圍著梅山繞了幾圈之後，終於看到了坐落在半山腰上的別墅。

二人下了車，溫欣瑤低聲道：「林東，你記好了，胖的那個叫汪海，地產商人，瘦的那個叫萬源，娛樂公司老闆。」

門前拴著一隻巨型獒犬，見了林東二人，張開血盆大口撲了過來，所幸被鐵鏈鎖住，無法接近他們。

「阿狼，瞎了狗眼了！」

聽得一聲怒喝，只見一人頂著碩大的腦袋，身軀粗如水桶，慢慢踱步過來，想必就是溫欣瑤所說的汪海。

汪海一腳踢開獒犬，對著溫欣瑤滿臉堆笑，狹小的眼睛裏閃爍出淫光，笑道：「畜生不識貴賓，沒嚇著欣瑤吧？」

溫欣瑤面色如常，不見悲喜，說道：「介紹一下，這是大亨地產的汪老闆，汪老闆，這是我們公司的副總林東。」

林東寒暄道：「久仰汪老闆大名，今日有緣一見，幸會幸會。」

汪海的目中閃過一絲不悅，一閃即逝，握住林東的手笑道：「哎呀，林老弟年輕有為，後生可畏啊！」

汪海領著林東二人在院子裏坐了下來，指著滿院子的花草樹木，笑問道：「欣瑤啊，你瞧我這地方如何？」

聽了汪海對她的稱呼，溫欣瑤微微蹙眉，心中暗生怒火，若不是有求於他，恨不得將茶杯裏的熱水灑向這個面目醜惡的肥豬。

「我不懂得欣賞建築，不好意思。」溫欣瑤語氣冰冷。

汪海訕訕一笑，轉而問林東：「林老弟，你有何見解啊？」

林東隨口答道：「山清水秀，給人一種世外桃源的感覺，汪老闆挺會享受生活的。」

聽得林東誇讚，汪海心裏樂開了花，臉上肥肉亂顫：「哎呀，人活一世圖啥？誰有錢願意找罪受？人生已經不容易啦，不抓緊享受，等到進了棺材就啥也沒有了。」

林東奉承了一句：「汪老闆的話簡單卻蘊有人生哲理，佩服！」

汪海指著這一片山林道：「林老弟，我打算弄一片山林子開發房地產，將獨棟別墅打造成世外桃源，專做有錢人的生意。你覺得怎樣？」

林東應付了一句：「肯定穩賺不賠！」

溫欣瑤不耐煩了，問了一句：「汪老闆，萬總什麼時候到？」

汪海掏出手機，給萬源撥了個電話：「喂，老萬吶，怎麼還沒到？你快點，欣瑤都等急了！哦，五分鐘是吧，好！」

收了線，汪海對溫欣瑤笑道：「來了，五分鐘就到。」

坐了不久，就聽外面車輛駛來的聲音，獒犬叫了幾聲就安靜了下來，一個瘦高的中年男子推門而入，手裏提著兩瓶紅酒。

男人走到溫欣瑤面前，讚歎道：「許久未見，溫總的美貌似乎更勝別時了，這酒還沒喝，我就覺得醉了似的。」

林東心道，果然是娛樂公司的老總，說話跟念台詞似的，與汪海卻都是一路貨色，斯文禽獸罷了。

「好，人到齊了，咱們去酒廳吧。」

汪海在前引路，將眾人帶進了別墅，這傢伙也真會享受，三層高的小樓內竟然安裝了一部升降梯。

到了三樓的酒廳，汪海請三人落座之後，指著萬源帶來的酒問道：「老萬，這酒看上去不錯，哪兒弄來的？」

萬源饒有深意地一笑：「一個導演送的，五十年的拉菲。」

汪海拎起一瓶要開，萬源攔住了他，說道：「讓我來吧，圈地蓋房我不如你，論起酒來，你比我差得可不是一星半點。」

萬源把汪海方才拿過去的那瓶擱在一邊，先開了另一瓶，倒了四杯，笑道：「若不是請到了欣瑤，老汪你是絕對喝不到這好酒的。來，欣瑤，我敬你。」

酒過三巡，汪海眼中的淫光更熾盛了。

溫欣瑤擱下酒杯，說道：「二位老闆，言歸正傳，我今天把負責資產運作的林副總也帶來了，關於投資方面，你們儘管問他。」

汪海的目光在溫欣瑤的胸前掃來掃去，鼻息漸重：「哎呀，不用問，老汪我投一千萬。」

萬源瞪了汪海一眼，問道：「林總，能把你的投資思路說一下嗎？」

林東已察覺出這兩人似乎不太正常，尤其是汪海，本想動用藍芒窺測他們的心思，不過卻都無功而返，看來這兩人皆是心機深沉之人。

「關於金鼎一號，我的思路是這樣的……」

也不知這二人是否聽得懂，但見汪海點頭如搗蒜似的，不停地點。聽完林東的講述，萬源這才點點頭：「如今行情不好，必須得謹慎。林總，咱的錢託付在你手裏，請你一定上心啊。」

萬源調轉目光，朝溫欣瑤笑道：「欣瑤，我和老汪決定各投一千萬。」萬源又開了一瓶酒，給眾人倒上，舉杯道：「預祝咱們投資順利，也祝金鼎投資越做越強，乾杯！」

林東與溫欣瑤各自都將杯中的酒喝了下去，萬源起身道：「失陪了，我去趟洗手間。」汪海緊隨其後，也去了洗手間。過了兩三分鐘卻仍未回來，林東起身朝洗手間走去，卻在門口聽到了二人的對話。

「老萬，你的藥有用嗎？」汪海壓低了聲音，卻難掩內心的興奮。

萬源淫笑道：「這是我托朋友從泰國弄來的，我在一個裝清純的小明星身上試過了。嘿！喝下去十來分鐘後便倒地睡著了，任我折騰。」

林東凝住腳步，雙拳握緊，汪海和萬源的淫笑聲鑽入他的耳中，點燃了他胸中的怒火，終於發現是這二人設下的騙局。

汪海以投資為餌，將溫欣瑤引誘至他在梅山的獨棟別墅，這裏荒無人煙，利於他們實施計畫；再由萬源帶來下了迷藥的紅酒，欲將溫欣瑤迷倒之後行那禽獸之事。為了不讓溫欣瑤起疑，他們自己也喝下了紅酒，而後借去洗手間為名，偷偷服下解藥。

「老萬，那小子怎麼辦？」汪海問道。

萬源道：「無妨，那藥夠他睡兩個小時的。」

萬源反問道：「要你準備的攝影器材準備好了嗎？」

「嗯！」

「那就無憂了。溫欣瑤好歹也是個有頭臉的人物，只要我們手裏有她的裸照，就不怕她去報警。」

汪海贊道：「老萬，高啊！你搞女人的手段真卑鄙，不過我喜歡！嘿嘿，到時候咱們還可以拿裸照威脅她，逼她就範，時不時玩她一次。」

萬源道：「推算時間，他們應該已經被迷倒了。老萬，吸完這根煙咱就可以出去爽了。」

洗手間裏傳來二人壓抑的淫笑聲。

林東忍無可忍，一腳踹開了洗手間的門，汪海和萬源見他突然闖入，嚇得嘴裏的煙都掉了。林東也不說話，左右開弓，將二人踹倒在地，一時拳如雨下，打得二人鬼哭狼嚎，痛不欲生。

「哎呀，骨頭斷了，小祖宗饒命啊……」汪海被林東踢中膝蓋，發出淒厲的喊叫。

萬源仗著年輕時學過點三腳貓的功夫，起初還能與林東拆上幾招，後來被林東一拳擊中面門，頓時破了相，鼻血嘩嘩地流。

「解藥呢，給我！」林東怒喝，二人嚇得渾身打顫。

「沒了，吃光了。」萬源鼻樑骨被林東一拳打斷，說話的聲音怪怪的，像是被蒙住了臉。

林東已經感到頭開始發暈，在二人身上搜索了一番，果真沒找到解藥，心知不妙，必須將溫欣瑤儘快帶離此處，若再耽擱，恐怕他一倒下，溫欣瑤還是難逃這兩個禽獸的淫爪。

將這二人踹倒在地，林東迅速折回酒廳，甩甩頭，隨著藥力發作，腦袋似乎越來越沉重了。溫欣瑤趴在桌子上，顯然是經不住藥力已被迷倒。林東上前一把將她抄起，扛在肩上，搭升降梯到達一樓。

汪海和萬源從洗手間裏爬了出來，看見彼此的狼狽樣，目中湧起如火的凶光。

「那小子也中了迷藥，他支持不了多久。」萬源咬牙道：「抓他們回來！」

二人一瘸一拐地往升降梯走去，心中恨透了林東，恨不得將他碎屍萬段，若不是他，此刻溫欣瑤必然已經被他們弄到了床上。

林東扛著溫欣瑤走到門口，獒犬忽然撲了過來，擋住了門，讓他無法通過。獒犬目露凶光，齜牙咧嘴。

林東回頭四顧，在院子裏發現了一根棒球棍，將其取到手中，邁步往門口走去。那獒犬見他來勢洶洶，也不退讓，忽然撲了過來，林東一側身，揮起棍子，砸中了獒犬的一隻前腿，只覺手臂傳來劇痛，鮮血迅速染紅了衣服。

定睛一看，手臂竟被獒犬的爪子抓出一道深深的傷口。獒犬被他一棍子打折了腿，趴在地上哼哼唧唧，再也沒了方才的威風。

林東衝到溫欣瑤的車前，從她口袋裏摸出了鑰匙，拉開車門，將她放在副駕駛座位上，繫上安全帶。林東坐到駕駛座上，才想起自己根本不會開車，掏出手機想報警，卻發現他的「愛瘋」不知何時沒電了，在溫欣瑤口袋裏找了一遍，也未找到手機。

正當萬分焦急之時，汪海和萬源拖著瘸腿，二人手裏拿著砍刀，正一步步逼近。林東的頭越來越重了，若不是他以超乎常人的意志力苦苦支撐，恐怕此時已倒了下來。

看看身旁沉睡中的溫欣瑤，林東往手臂上的傷口上砸了一拳，劇烈的疼痛刺激著他的神經，令他暫時清醒了些。他深吸了一口氣，猛然想起高倩以前教過他如何開車，只是當時未放在心上，學車的時間大部分都在嬉鬧中流逝了。

眼看汪、萬二人越來越近，林東心一橫，將鑰匙插了進去，發動了大奔，危急時分，也不知為何，高倩以前教他的開車技術無比清晰地在他腦中呈現出來。

汪、萬距離大奔只有幾步距離，見林東進了車中卻久久未見車動，相視一笑。

「他娘的，那小子應該被迷倒了。」

二人淫笑連連，失而復得的感覺令他們更加瘋狂，二人似乎忘記了疼痛，飛一般往車子撲來，卻在那時，大奔如離弦之箭般躥了出去，二人撲了個空，啃了一嘴泥。

大奔沿著山間小路繞行，林東只覺意識越來越模糊，山路在他眼前漂浮起來，漫山遍野的梅樹也似乎在不停地搖晃，右臂的傷口被他擊打多次，流出的血染紅了衣袖，已無血可流。

「溫總，你快醒醒吧，我快撐不住了。」

不知何時下起了大雨，狂風大作，不時有被風吹斷的殘枝擊打在車窗上。

林東的雙手漸漸失去了把控方向盤的力量，眼前的景物漸漸褪了色，他的世界裏只剩白茫茫的一片。

轟！

大奔失去了控制，撞上了路邊的一棵大樹上，也因此因禍得福，避免了衝進山溝裏車毀人亡的噩運。

雨刷仍在工作，車內的燈仍亮著，也不知過了多久，溫欣瑤睜開了眼睛，映入眼簾的就是林東那隻被鮮血染紅的手臂。溫欣瑤拍了拍頭，那迷藥極為猛烈，藥效過了之後，令她的頭疼痛無比。

「林東……」

溫欣瑤輕聲喚了一聲他的名字，千言萬語噎在了嗓子裏，淚水奪眶而出。在最後撞到樹上的那一刻，林東想到的不是如何護住自己，而是伸出傷臂擋在她的身前。

溫欣瑤解開安全帶，下了車，四周一片漆黑，抬起手錶一看，已是夜裏十點。一場雷暴導致了山體滑坡，擋住了後面的一段路，阻止了汪、萬二人的追蹤。

溫欣瑤費了好大的力氣才將林東弄到副駕駛的座位上，看到那深不見底的山溝，不禁出了一身冷汗，若不是被大樹擋住了去勢，他倆可能都已命喪梅山了。

將大奔倒了出來，車子除了前面被撞壞了之外，沒什麼大礙。好在兩個大燈都沒問題，否則這山路漆黑，要她如何下山。暴雨過後山路泥濘，溫欣瑤小心翼翼開著車，一旁的林東仍在沉睡。

她早知汪海和萬源好色，故而才將林東帶去，卻未想到二人如此大膽，竟在酒裏下了迷藥，若不是林東拚命護她逃離虎口，真不敢想像下場會有多麼淒慘。

一向高傲自強的她心中忽然湧起孤獨與無力之感，剎住了車，美目含淚，呆呆地看著身旁的男人，冰封的心似乎化開了一角。無論她有多麼要強，這個社會卻向來都被男人所主導，不是她一個人的力量所能改變的。

今晚發生的事情讓溫欣瑤意識到，無論她有多麼出色，能力多強，在男人眼裏，她只是一個可供玩樂的女人，從未將她放在與自身同等的地位來看待。

看到林東手臂上觸目驚心的傷口，她心中忽然一暖，只有這個男人拚了命保護她，壓抑已久的情愫突然被釋放出來，瘋一般地迅速蔓延開來，一個年輕男人撞開了她的心扉，突然佔據了她的心。

溫欣瑤抹了抹眼淚，驅車前行，時而哭，時而笑。

林東睜開眼睛，恢復了意識，忽然驚得坐起，嚇得一旁的護士尖叫了一聲。

「溫總呢？」林東抓住護士的胳膊，手臂傳來鑽心的疼痛。

「你弄疼我了！」年輕的護士白他一眼：「你的手臂受了傷，傷癒之前不要用力。溫總是不是送你來醫院那個女的，她剛才還在這兒的。」

林東抱歉地笑了笑，說道：「對不起啊，護士小姐，能借你的手機一用嗎？」

護士從口袋裏取出手機，遞給了他，林東輸入了高倩的電話號碼，撥了過去。一整晚上沒聯繫她，高倩此刻必然在生他的氣。

「喂，哪位？」電話接通，傳來高倩的聲音。

「倩，是我。」

高倩聽出了他的聲音，哼了一聲：「你還敢打電話來，昨夜打了一晚上的電話，為何總是關機？你是不是故意的？」

溫欣瑤提著早餐朝病房走去，正看見高倩在餵林東喝粥，腳步一頓，停在了門口。高倩聽到了腳步聲，回頭一看，叫了一聲「溫總」。

溫欣瑤點點頭，笑道：「小高，你來了就好。」臉上閃過一絲不自然的笑容，將早餐放在桌子上，說道：「林東，你好好養傷，公司的事情別擔心。」語罷，便獨自離開了病房。

高倩蹦跳著過去把溫欣瑤放在桌子上的早餐拿起一看，笑道：「林東，溫總對你不錯麼。」

高倩拿起餐盒在林東眼前晃了兩下，老粥鋪的烏雞海鮮粥，在蘇城只在城南有一家，別無分號，離醫院很遠。

不知為何，林東心中一暖，臉上漾起笑容，這時卻忽然發現高倩美目裏射來的寒光，當下心中一凜，表情僵在臉上。

「說！昨晚到底發生了什麼事？」高倩逼問道。

林東只好編了個謊話，說是和溫欣瑤一起去拜訪客戶，回來的時候遇到了雷暴，山路難行，撞到了樹上，隱去了被汪海和萬源下藥的那一段。

林東當天就辦了出院手續，只在家裏休了一天就去了公司。劉大頭三人因為太忙，沒及時去醫院看他，本已商量好今天下班後一起去醫院看他，誰知早上到了公司，才發現林東已經投入了工作。

「林東，你……」三人面面相覷，看著手臂上纏著厚厚紗布的林東，有點吃驚，沒想到他會來上班。

林東笑道：「只是手臂受傷，又沒傷腦袋，咱又不是幹體力活的，不影響的。哥幾個別愣著了，抓緊幹活吧。」

今天是九月十四號，正式運作資金前的最後一天。經過反覆的推敲，最終由林東敲定了涉及「酒」、「氣」、「農」三大產業四十八家公司。下班前，溫欣瑤走進了資產運作部的辦公室，見到了林東，並沒感到意外。

「和大家簡單交流一下。」溫欣瑤落座，將四人召集過來：「各位辛苦了，這段時間各位都很拚命。明天就是打響戰役的第一天，各位將會面臨前所未有的挑戰，所以我要求各位養精蓄銳，今晚不准熬夜。金鼎走到了生死存亡的關鍵時刻，各位，明天看你們的了！」

溫欣瑤並非危言聳聽，眾人皆知首戰能否告捷，關係著金鼎投資未來的命運，皆在心中憋了一股勁，為了金鼎，也為了對得起付出的心血，必須將首戰打得漂漂亮亮，一戰成名！

「我言盡於此，大家下班吧。林東，你跟我來。」

溫欣瑤將林東叫到了辦公室，笑問道：「怎麼樣，手臂還疼麼？」

林東心神一晃，似乎從溫欣瑤的語氣中感到了一絲溫暖，簡直太不可思議了。

「多謝溫總關心，手臂無礙，只要不碰到傷口就不疼。」

溫欣瑤站在窗前，雙臂交叉放在胸前，林東立在她的身後。

「我在全國各地的券商開了多個帳戶，已將資金分散注入其中。」

溫欣瑤足下一旋，調轉身子，面朝林東，髮絲飄動，一陣陣髮香飄入林東鼻中。溫欣瑤面色凝重，說道：「林東，明天靠你了！」她將全部的希望寄託在林東身上，若不是發現了他，溫欣瑤也不會跳出元和自己籌建公司。

這就像是一場賭局，林東是她全部的籌碼，也是她唯一的籌碼。

林東抿緊嘴唇，鄭重點點頭。

從溫欣瑤辦公室裏出來後，林東收拾了東西就下了班，出了建金大廈，耳邊仍迴響著溫欣瑤最後的那句話：

「小心汪海和萬源，我收到消息，他倆正在籌謀對付你我。林東，尤其是你，需要特別小心！」

汪海和萬源都是財力雄厚的大老闆，黑白兩道都吃得開，上次被林東壞了好事，又被他揍了一頓，懷恨在心，已經放出狠話，要林東不得好死。此刻已在暗中悄悄活動。

溫欣瑤面色凝重，一聲不語地站在資產運作部的辦公室內，看著林東四人忙碌的身影。

整個辦公室內沒有人說話，只聽得到劈劈啪啪敲擊鍵盤的聲音。四人正在迅速地佈局，先投入總金額百分之三十的資金去試水。

他們通過多個帳戶分批買入預先選定好的股票，資金一點點地滲入，基本上能被及時消化，因而也並未引起買盤出現異動。截止中午收盤，所有買入的股票均走勢平穩。

林東這一邊悄悄調集了幾百萬資金，分批埋伏在他預知將漲停的幾支股票上。

經過一上午的緊張佈局，中午收盤之時，劉大頭三人的臉色都是紅撲撲的，長時間神經過度緊張，腦筋運轉極快，以至於三人一摸額頭，都有點燙手的感覺。

楊敏的事情不多，主動申請暫時調入資產運作部協助林東四人的後勤工作，為四人端茶倒水，盡心盡責。

下午開盤之後，林東四人依照既定的部署，繼續分批買進，少量少量地進貨。經過一天的部署，下午收盤之後，他們已將籌集來的資金投了一大半進去。

溫欣瑤這一天一直在資產運作部的辦公室坐鎮，有她在身後鼓氣，劉大頭三人更是煥發出前所未有的動力。

下班之後，林東接到了林翔的電話。

「東哥，我們搬了之後，李老二一直在找你，也不知他怎麼摸到了咱的店裏，嚷嚷著要見你，現在被強子擋在了店門外。他說他有要緊的事情要告訴你，我看八成是他賊心不改，騙你露面和他賭錢。」

林東笑道：「沒事，他既然送上門來輸錢給咱，咱豈有把他往門外推的道理。我也好久沒放鬆了，你讓他等我，我六點前到。」

出了建金大廈，林東打車前往清湖廣場。

李老二坐在摩托車上左顧右盼，正在焦急等待。他見林東下了車，從摩托車上跳了下來，拉著林東往店裏走去，邊走邊說道：「哎呀！憋死我了！可算找到你了，姓林的，啥也別說，先陪我賭幾把。」

林東心中暗道，這龜兒子果然就是為了找我賭錢，哪有什麼要緊的事情要告訴我。本已沒打算從李老二身上打聽到什麼資訊，既然他送上門來輸錢，林東也就不客氣了。

林翔關了鋪子，拉下捲簾門。鋪子裏已經準備好了桌椅板凳，林東和李老二落座，林翔負責發牌，劉強站在林東身後。

李老二瞧了瞧林東裹著紗布的手臂，嘿嘿笑了笑：「老弟，惹事了吧，還惹了大人物！」

林東心裏一驚，心想莫非李老二真的知道什麼？他也不急著問，先讓李老二過過賭癮再說。

李老二前次把李老棍子讓他辦事的錢輸光了，回去之後李老棍子氣得火冒三丈，李老二吃了幾棍子。李老棍子膝下無子，親哥死得早，留下李家三兄弟，從小便由他照顧，他把這哥仨當親兒子看待，十分護短。即便是李老二輸了錢，也只是遭了頓不痛不癢的打。

打那以後，李老棍子多了個心眼，很少把錢交給李老二去辦事。李老二多次輸給林東，心裏不服氣，總想贏回來，苦於沒錢，只能四下裏七拼八湊，攢了好一陣子，終於攢夠了兩萬塊，便火急火燎去找林東賭錢。可到了地方，發現林東已經搬走，又找了些日子，才找到了劉強的電腦維修店。

「李老二，你又輸光了。」

昏暗的燈光下，李老二滿頭是汗，面色發紫，望著林東說道：「林東，咱們再玩幾局！」

林東問道：「李老二，你都沒錢了，還怎麼玩？」

李老二在桌底搓著手，緊皺著眉頭，過了半晌，才開口說道：「我有個消息賣給你，一萬塊！你買不買？」

林東嗤笑道：「李老二，你當錢那麼好賺，你動動嘴皮子就想要一萬塊，做夢去吧！」

李老二的臉色很難看，反問道：「事關人命，我要一萬塊，不算貴吧？」

劉強和林翔二人面面相覷，不知李老二葫蘆裏賣的什麼藥。林翔怒道：「東哥，別聽他胡扯，我看他是輸瘋了。李老二，沒錢就趕緊滾吧，別在這瞎忽悠。」

李老二望著對面的林東，嘴角掛著一抹笑意，他在等待林東的反應。

從進了鋪子裏李老二說的第一句話來判斷，林東心中已確定李老二是知道了些什麼，汪海和萬源的勢力雖大，他明裏卻不怕他們，就怕那兩人暗地裏搞鬼，防不慎防就不好對付了。

林東扔給李老二一萬塊錢，笑道：「李老二，你要一萬就給你一萬。我們人多，也不怕你耍賴！說吧，把你知道的說出來。」

「汪海找到我叔叔，出十萬塊要你一條腿。我叔叔年紀大了，想賺點穩妥的錢，拒絕了。」李老二說到此處停了下來。

林東心裏暗罵一句，這李老二分明是想和他坐地論價，說到關鍵之處竟然停了下來，他微微冷笑，將另外一萬塊錢也扔到了李老二面前：「繼續說。」

李老二嘿嘿一笑：「姓林的，別怪我貪心，做這事有風險，咱倆又沒啥交情，總不能白把消息透露給你吧。」

林東點點頭：「說重點，少繞彎子。」像李老二這樣用錢就可以收買的人，有時候真的可以發揮很大的作用。

李老二抽了根煙：

「我叔叔雖沒接這個單子，卻向汪海推薦了一個人，人稱獨龍，大名叫什麼誰也不知道，行事獨來獨往，手腳乾淨利索，專門接這種單子。」

劉強聽到「獨龍」這個名字，臉色變得很難看。

李老二繼續說道：「我知道的也就這麼多，姓林的，你多保重，留著小命陪我賭錢。」

林翔將門打開放李老二出去，劉強在林東對面坐了下來：

「東哥，獨龍這人我聽說過，手段兇殘，犯下很多大案子，警方至今還未能將其抓捕歸案。」

林東抬起頭，微微笑了笑，為了不讓這哥倆擔心，說道：「他敢來，我就讓他折在我手裏！」

出了翔強快修店，林東深深吸了一口氣，獨龍始終是塊心病，若不除之，恐怕以後都不得安寧。

罪魁禍首是汪海和萬源，不過這兩人有錢有勢，林東暫且也沒有扳倒他們的辦法。

目前來看，對他最大的威脅便是來自獨龍，這個可能藏在任何角落，在暗中等待機會，隨時可能對他發出致命一擊的獨龍，令林東寢食難安。

第二天，林東如往常到了公司。開盤之後，便開始了忙碌的一天。溫欣瑤照例出現在了資產運作部的辦公室內，楊敏對股票瞭解甚少，見林東四人手指如飛，在鍵盤上發出一連串指令，頓生崇拜之感。

「建倉完畢！」

下午兩點三十五，崔廣才最後一個建好了倉。

盤面上看，今早開盤之後，已有少量資金開始往林東所選的三個行業湧入。溫欣瑤多年的從業經驗告訴她，林東將資金投入「酒」、「氣」、「農」這三大塊應該是對的。

林東仍坐在電腦前，目光一刻也未離開螢幕。楊敏見他杯中的茶水喝完了，走過去準備為他續水，卻見林東忽然一拍桌子，從座椅上跳了起來。

「耶！」

林東一揮拳，歡呼一聲，昨日分出的幾百萬資金所投入的十支股票，終於在收盤之前全部漲停。

劉大頭三人本已打算出去透透風，被林東這一舉動嚇著了，紛紛走了過來。

「林總，你沒事吧？」楊敏小心翼翼地問道。

林東指著螢幕，開心得像個孩子，拉著楊敏的胳膊，指著螢幕說道：「小楊，你快看，你快看。」

楊敏被他扯住胳膊，頓時霞飛雙頰，俏臉發燙，猶如火燒一般，一直紅到耳根，怯生生地問了一句：「林總，你讓我看什麼？我看不懂。」

紀建明笑道：「林總，小心我告訴高倩，看你回去如何交代。」

林東這才發現自己失態，放開了楊敏的胳膊，招呼一聲：「快過來看看。」

劉大頭三人朝螢幕望去，眉頭一皺，同聲問道：「林東，這些股票可都不在咱們預先選定的範圍之內啊！你讓我們看什麼？」

溫欣瑤也走了過來，問道：「林東，這些股票你是不是都買了？」

林東點點頭，壓抑住心中的興奮，沉聲道：「溫總，昨天建倉之時，我悄悄調集了將近三百萬的資金，事先埋伏了進去，今天全部漲停了。」

紀建明三人面面相覷，始終不敢相信林東說的話是真的，若是抓到一兩支漲停板也還說得過去，可能是運氣好的原因，這一下子抓住了十支漲停板，難道還能以運氣好來解釋嗎？

「林東，你是怎麼做到的？」劉大頭此刻終於承認自己選股的能力不如林東。

林東搪塞了一句：「做夢夢到的。」

眾人也不再追問，走到窗前，俯視下方的車水馬龍，胸中頓時生出萬丈豪情。金鼎一號出師大捷，給了他們無窮的信心。

溫欣瑤站在林東後面，雙臂交叉放在胸前，臉上浮現出淡淡的笑容，心中竟湧出些許傾慕的感覺。

溫欣瑤拍拍手，將林東幾人叫了過來，笑道：「祝賀大家，今晚我請全體同事吃飯，小楊，你去通知瓊姐和小慧。」

楊敏還是第一次在溫欣瑤臉上看到笑容，開心地跑了出去，迫不及待地將好消息告訴了財務方瓊花和景小慧。

下班後，其他人分好了車，剩下林東一人無車可搭，只好搭上了溫欣瑤的車。路上，溫欣瑤問道：「林東，幹嘛不買輛車？你應該不缺那點錢吧。」

林東尷尬笑道：「溫總，我不會開車。」

溫欣瑤一臉不信地看了他一眼，「你不會開車？那你是怎麼把車從汪海的別墅開到山腳下的？」

林東搖搖頭：「說實話，現在你把車讓給我開我也不敢，可那時不知怎麼的，就把車開走了。」

溫欣瑤輕輕哼了一聲，笑道：「咱倆沒摔死在山溝裏實在是福大命大。大難不死必有後福，林東，你我聯手，金鼎必然在你我的手裏熠熠生輝！」

第四章

獨龍暗殺行動

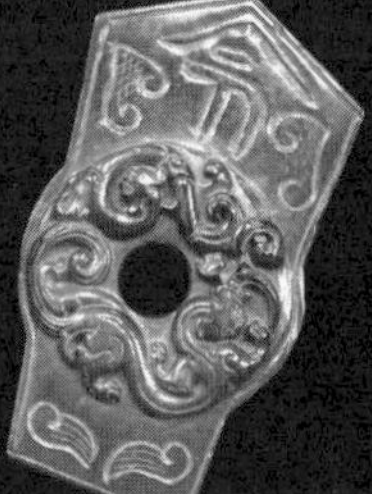

走到巷子中段，忽覺背後一陣寒氣襲來，林東本能地側身避開，透著寒光的刀刃從他胸前劃過，落了空。

此刻他手臂上的傷還未痊癒，又是他一直依賴的右臂，行動多有不便。

那人移動速度極快，連砍幾刀，卻都被林東避開，心中也是一驚。

那人蒙著面，揮刀的速度極快，林東險象環生，卻又被他擋住了去路。

當此之時，林東急中生智，大喝一聲：「獨龍！」

到達酒店，溫欣瑤要了最好的包廳。這段時間眾人都繃緊了神經，壓抑得太久。席間，在溫欣瑤的帶動下，玩得都很盡興。出了酒店，已是晚上十點。

酒店距離江南水鄉不遠，林東目送眾人一一駕車離去，這才往江南水鄉走去。林東走了不遠，轉到了另一條路上，往前走了幾步，才發現這條道路正在施工，無法通行，便繞到了旁邊的一條巷子裏，穿過巷子走幾步就能到江南水鄉。

這條巷子很黑，林東之前也只在白天走過，不過好在只有一百多米，快步疾行兩分鐘便能通過。

走到巷子中段，忽覺背後一陣寒氣襲來，林東本能地側身避開，透著寒光的刀刃從他胸前劃過，落了空。此刻他手臂上的傷還未痊癒，又是他一直依賴的右臂，行動多有不便。

那人移動速度極快，連砍幾刀，卻都被林東避開，心中也是一驚。那人蒙著面，揮刀的速度極快，林東險象環生，卻又被他擋住了去路。

當此之時，林東急中生智，大喝一聲：「獨龍！」

那人一愣，手腳慢了幾分。林東趁機從他身邊掠過，往巷子盡頭飛奔而去。

獨龍心中萬分驚駭，不知為何被林東識破身分，只是一愣，便發狂般追了出去。他既然身分已被林東識破，便決心不留活口。汪海出十萬塊要他卸下林東一條腿，他唯有便宜了汪海，殺了林東！

奔跑之中，獨龍眼見林東就快跑出了巷子，目光一冷，嘴角發出一絲冷笑，從後腰摸出一片柳葉寬細的刀片，揚手擲飛出去，刀身閃爍著碧藍色的光芒。許多人知道他拳腳功夫很棒，而他引以為傲的卻是百發百中的飛刀。

獨龍停下腳步，他在等待獵物中刀後的慘叫。

砰！

巷口忽然冒出一人，火光一閃，子彈射出，忽聽一聲金屬交擊的聲音，獨龍擲出的飛刀被子彈擊中，偏離了軌道，撞在了旁邊的牆壁上。

「條子！」

獨龍心知不好，不知何時被員警盯了梢，縱身一躍，翻過了牆頭，轉瞬便已消失不見。

林東嚇出一身冷汗，倚在牆上大口喘氣。

那人收起了手槍，走上前來，問道：「你沒事吧？」

林東點點頭，抬頭望去，本想道謝，卻驚叫了一聲：「蕭蓉蓉！」

蕭蓉蓉也看清了林東的模樣，訝然道：「林東，怎麼是你？」

林東的心緒稍稍平靜了些，他早已從李庭松口中得知蕭蓉蓉調去了警局，卻怎麼也未想到，二人會是在這種情境中再次見面。

「我家就在前面，多謝你剛才救了我，方便的話，去我家裏喝杯水吧。」林東邀請道。

身穿警服的蕭蓉蓉愈發顯得英姿颯爽，她本發誓一輩子再也不見林東，卻未想到二人在此重逢，她竟找不出拒絕林東的理由，不過現在並不是喝茶的時候，她只能狠心拒絕了林東的邀請。

「下次吧，現在你得跟我回警局錄口供。」

林東隨她上了車，這才知道警方也一直在調查獨龍的行蹤，部署了大量警力。若不是獨龍今晚出來行動，蕭蓉蓉他們也無法追蹤到獨龍的行蹤。本來有七八個警員盯住了獨龍，卻都被他甩脫了。

到了警局，蕭蓉蓉例行公事為林東錄了口供，然後便開車送他回家。

「林東，獨龍的反偵察能力特別強，我們警方也是好不容易才找到了他，沒想到還是被他溜走了。根據我對他犯案風格的研究，一次不成還會有第二次，不達目的他是不會甘休的。所以，你要加倍小心！」

「真沒想到你槍法那麼好，若不是你那一槍，我就玩完了。救命之恩不言謝，日後有用得著的地方言語一聲，林東絕無二話。」林東想起來也是恐懼不已，這個獨龍絕對是個危險人物，一日不除，他寢食不安。

蕭蓉蓉出身於員警世家，畢業於警校，做員警一直是她的志願。她母親是市局的領導，深知員警這份工作有多艱辛，因而在她畢業之後極力反對她去警局工作。後來蕭蓉蓉與李庭松分了手，從原來的單位辭了職，蕭母拗不過她，只好動關係將她調入警局。

車子一直開到林東的樓下，蕭蓉蓉道：「林東，有件事我想徵求你的意見，當然，你有選擇的權利，可以拒絕，畢竟有危險。」

林東笑道：「你對我有救命之恩，什麼事情，說吧，我答應。」

蕭蓉蓉轉過頭來，面色嚴肅：「林東，作為警務人員，保護公民的生命安全是我的職責，你不必心懷感恩。你別急著答應，聽完之後再做決定。」

蕭蓉蓉將她的計畫說了出來，打算以林東為餌，引蛇出洞，將獨龍這個危險人物抓捕歸案。

林東仔細聽完了蕭蓉蓉的整個計畫，覺得可行，點了點頭，斬釘截鐵道：「蕭警官，我願意配合你的計畫！」

蕭蓉蓉莞爾一笑：「林東，謝謝你。我心裏有一事不明，能告訴我，為什麼獨龍要殺你麼？」

林東抿著嘴，略一思忖，說道：「蕭警官，我只能告訴你，我得罪了汪海和萬源。我申明一下，我沒犯法。」

「別叫我蕭警官，叫我蓉蓉吧。」

蕭蓉蓉摘下警帽，放下如瀑的長髮，說道：「萬源和汪海都不是好人，在局裏都有備案，只是苦無證據，動不了他們。這次若能抓住獨龍，撬開他的口，只這一項買兇殺人的罪名，就夠兩人頭疼的了。」

「如此說來，我更應該配合你們警方工作了。」林東笑道。

蕭蓉蓉從口袋裏掏出一個鈕扣模樣的東西放到林東手中：

「這是追蹤器。在抓到獨龍之前，你要時刻帶在身上，看到上面的按鈕了麼？」

林東仔細看了看，才在這小如鈕扣的追蹤器上發現了一個小小的按鈕：「嗯，看到了。」

「一有情況發生，按下按鈕。我和我的同事便會在最短的時間內趕到你所在的位置。這幾日會有我的同事暗中跟蹤保護你，你別認錯了人。」

「可我不知道獨龍長什麼模樣啊！」

蕭蓉蓉拿出手機調出一張照片：「仔細看看，記清楚他面部的特徵。」

林東看了一會兒，確定將獨龍的模樣記得清清楚楚，才將手機還給了蕭蓉蓉，笑道：「這獨龍要知道市局的警花手機裏藏著他的照片，心裏一定樂開了花。」

蕭蓉蓉白他一眼：「還有心情開玩笑，知不知道你已在鬼門關前走了一回！」

「不早了，蓉蓉，多謝你送我回來。」林東推開車門下了車，往樓道走去。

蕭蓉蓉追了出來，脫掉外面的警服，將防彈背心脫了下來塞給了林東：「獨龍的絕技飛刀厲害得很，穿上它。」

林東接過防彈背心，問道：「蓉蓉，那你怎麼辦？」

蕭蓉蓉鑽進了車內，放下車窗，笑道：「你當是黃蓉的軟蝟甲麼？那東西警局有的是，你安心拿去穿吧。」車子發動，蕭蓉蓉將手臂伸出車窗外揮了揮，一陣風似的走了。

林東看著她的車遠去，笑了笑，進了電梯。

第二天早上，林東四人都在資產運作部的辦公室內盯盤。接近午盤之時，釀酒、葉岩氣和農林牧漁板塊開始拉升，資金紛紛跟進，推動這三大板塊節節攀高，上午收盤之時，穩居行業漲幅前三名。其中，釀酒板塊最為顯眼，多支酒業股被封上了漲停板。

另一邊，林東所選的十支股票依然走勢搶眼，無一例外繼續漲停。截止下午收盤，劉大頭算了一下，僅這一天之內，所買入的股票綜合收益就超過了百分之六。

「林東……」劉大頭看著林東，激動得說不出話來。

楊敏開心極了，一顆芳心對林東充滿了崇拜之情，笑道：「林總，你真了不起。」

接下來的一段日子，溫欣瑤一直沒有出現在公司。資產運作部每天都有捷報傳來，短短十天，金鼎一號的淨值就漲了將近百分之七十！轉眼間到了九月底，獨龍卻一直沒有再現身。

林東卻未敢鬆懈，每日仍將防彈背心穿在襯衫裏，追蹤器也時刻放在身上。

這一波熱點過去之前，林東已經選定了下一波熱點。接下來的兩天，四人逐步將資金從釀酒、葉岩氣和農林牧漁這三大板塊中撤離，而後又將資金悄悄投入到了路橋、電子和航空板塊。

而這一次，林東調集了將近一千萬的資金，分批埋伏進了二十支將會在未來一周內出現漲停的股票中。

溫欣瑤在下午下班之前出現在了公司，將林東叫進了辦公室。

「林東，恭喜你！很高興能在職業生涯遇到你這樣一位搭檔。」溫欣瑤開了香檳，和林東碰了一杯。

林東笑道：「溫總，我只是給你打工的，你太抬舉我了。」

溫欣瑤搖頭，正色道：「從今天起，你不再是我的下屬，你已正式成為這間公司的老闆，成為我的合作夥伴！」

林東訝然：「這……怎麼回事？」

溫欣瑤轉過身去，望著窗外，說道：

「我已更改了公司的註冊資訊，你和我是出資相等的合夥人，以後不分上下。你別驚訝，不要奇怪我為什麼這麼做，原因很簡單，不久之後，金鼎一號名聲打響以後，你將聲名鵲起，成為炙手可熱的人物，我相信會有很多公司開出更優厚的待遇挖你過去。我不下血本，怎能留住你？」

溫欣瑤覺得自己似乎話多了些，以前她只是欣賞林東的能力，自打林東將她從汪海和萬源的淫爪下救出之後，她在不知不覺中開始欣賞林東這個人，漸漸發現，林東已經成為她心裏揮之不去的影子，甚至有一種時時刻刻都想見到他的欲望。

害怕林東被別的公司挖走只是她的托詞，溫欣瑤這麼做，一方面是為了答謝林東救她之恩，另一面卻是為了讓林東站在和她同等的高度，讓二人不再是老闆和雇員的關係。

「溫總，我……我從沒想過會離開金鼎。金鼎有我的心血，我是不會離開的。你這份大禮實在太重了！」

溫欣瑤轉過身來，笑道：「若是覺得心有不安，那麼就請你再接再厲，將金鼎打造成一個金融帝國！」

溫欣瑤提到了這個名詞，林東心中一震，似乎找到了金鼎未來的方向，眼前出現了一幅前所未見的廣闊藍圖，一瞬間，身上忽然煥發出前所未有的豪氣：

「對！金融帝國！溫總，讓我們為明日的金融帝國乾杯！」

「乾杯！」

溫欣瑤開心一笑，林東從未見過如此珍貴且美麗的笑容，一時竟久久沉醉在那一笑中。

「抓緊時間學車，考到駕照。我幫你從德國訂了輛車，過些日子就該到了。」溫欣瑤喝完杯中的香檳，忽然道。

林東不禁一陣心痛，德國原裝進口的車還不定多貴呢，他原來只想買個二十來萬的車開開就行，哪知溫欣瑤問也不問過他，便替他做主了。

「放心吧，用的是公司賬上的錢，公司現在也有你一半，可不是我花錢給你買的。我的車撞了，不想再開，所以我也訂了一輛，順帶就幫你訂了。」

雖然溫欣瑤說是用的公司賬上的錢，可林東知道，公司賬上的錢他根本沒出過一分，全都是溫欣瑤的錢。她那麼繞來繞去，無非是想讓他無負擔地接受那輛車。

林東不再說什麼，決定收下那輛車，日後再尋補償溫欣瑤的機會。

溫欣瑤辦公室內的燈一直亮到深夜。她提出的將金鼎投資打造成金融帝國的宏偉目標，激起了林東的無限鬥志。二人一直在她的辦公室內探討到深夜，對於公司未來的走向和運作，兩人雖偶有不同的觀點，但大體上是一致的。

林東越聊越興奮，以前他總是害怕和溫欣瑤說話，而通過這次交流，在不知不覺中他已突破了那層心理障礙。溫欣瑤見他充滿鬥志的表情，芳心一動，很多年前，也有一個和他類似的男人闖入了她的心扉。那時的他和林東一樣年輕，同樣充滿鬥志。

「溫總……」

林東輕聲叫了一下，發現溫欣瑤正在出神地看著自己。

溫欣瑤回過神來，臉上掠過一絲慌張，掩飾道：「噢，不好意思，太晚了，我有點睏了。」

林東一看時間，已經將近一點，他與溫欣瑤竟然聊了五六個小時，連晚飯都忘了吃，頓時心生愧疚，說道：「溫總，真不好意思，你一定餓了吧，我請你吃宵夜吧。」

溫欣瑤點點頭，起身拎著坤包和林東離開了公司。二人坐電梯一直到達大廈的地下車庫。已是深夜，地下車庫空空蕩蕩，僅泊著幾輛車。林東和溫欣瑤並肩朝她的車走去，忽然間感到一股莫名的寒氣從腦後襲來。

那感覺他既熟悉又陌生，忽然間猛然轉身，目光掃過四周，卻並未發現可疑之處，但是心中卻生出不安的感覺。

溫欣瑤停下腳步，問道：「林東，怎麼了？」

林東神情凝重，低聲道：「獨龍可能就在這附近，我們快上車離開這裏！」

溫欣瑤露出驚駭的表情，隨即鎮定下來，與林東快步疾行，朝她的車走去。林東將手插進口袋裏，悄悄按下了追蹤器上的按鈕，這麼晚了，也不知員警休息了沒有。

離溫欣瑤的車還有十來步的距離，忽然車庫中一輛車的大燈亮了起來，朝他們照來，光線刺眼，二人本能地抬起手臂擋住了眼睛。

那車發出一聲轟鳴，輪胎磨擦水泥地面的聲音十分刺耳，全速朝林東二人撞了過來。

「溫總，小心！」

林東大叫一聲，將溫欣瑤往前推了出去，自己則借勢往後倒退。那車一轉向，緊跟著林東朝他撞去。林東故意往地下室的柱子退去，那車仍在加速朝他衝了過來。溫欣瑤捂住了嘴巴，發出了一聲驚呼。

當此之時，林東忽然縱身躍起。地下車庫的上面有很多管道，在他躍起之時，雙臂勾住了管道。那車車速太快來不及轉彎，一頭撞在了柱子上，頓時便熄了火。

溫欣瑤拉開了車門，大聲叫道：「林東快過來！」

林東往溫欣瑤的車跑了過去，獨龍棄了車追了過來，雙手一甩，兩隻飛刀射了出去。林東知道他的飛刀絕技厲害，聽到風聲，在快速的奔跑中，忽然一扭腰，扭出一個不可思議的弧度，飛刀貼著他前胸後背的衣服飛過，射了空。

獨龍冷冷一笑，從後腰摸出一柄飛刀，射了出去，這次他瞄準的目標不是林東，而是推開車門、焦急等著林東上車的溫欣瑤！

「關門！」

林東吼道，溫欣瑤眼噙淚花，倔強地搖了搖頭。

「林東，你快過來……」

林東飛撲上去，雙手按在車門上，用力一推，關上了車門，喉嚨蹦出一個字：「走！」

飛刀朝他後背射來，溫欣瑤張大了嘴巴，卻發不出一點聲音，淚水簌簌落下。獨龍站在林東身後冷笑，心想這一刀他是再也躲不過去的。飛刀射入了林東的後背，林東轉過身來，盯著獨龍。

「你完了！」

林東冷冷說了一句，手臂伸到背後，將飛刀從後背裏拔了出來，扔在了地上，刀身卻沒有一點血跡。

獨龍蒙著面，僅露出的一雙眼睛忽然睜得老大，轉身便往出口跑去。只聽「砰」的一聲槍響，奔跑中的獨龍忽然摔倒在地，連翻了幾個跟斗，抱著腿躺在地上痛苦哀嚎。

溫欣瑤推門下車，絕色無雙的俏臉上仍掛著驚恐的神情，抓住林東的手臂，急問道：「林東，你沒事吧？」擔憂之色溢於言表。

林東解開襯衫扣子，指著防彈背心，笑道：「多虧有它，否則我就沒命了。」

獨龍已被幾個員警帶走，身穿警服的蕭蓉蓉盈盈走來，到了林東面前伸出手：「林東，謝謝你的配合，這次能夠成功抓捕獨龍，你的功勞最大。」

林東笑道：「是不是你們還會送我一面錦旗？」

溫欣瑤止住淚水，聽了林東的話，不禁笑了出來。

林東介紹道：「蕭警官，這是我老闆溫女士。溫總，多虧了這位蕭警官想出的妙計，否則還不一定能抓住獨龍。」

自打第一眼見到溫欣瑤，蕭蓉蓉就被她身上散發出的高貴氣質所折服，不禁讚歎道：「溫總真的好美啊！」蕭蓉蓉一向自負，她誇另一個女人很美，這還是破天荒的一次。

溫欣瑤似乎並不給她面子，她已經猜到了林東所說的妙計，厲聲責問道：「你們警方就這點能耐嗎？拿公民的人身安全做賭注，萬一有差池，人命大過天，你們賠得起嗎！」

溫欣瑤神色冰冷，又恢復成林東所熟悉的那個她。蕭蓉蓉被她一通責罵，也並未生氣，溫欣瑤所言的確很有道理，她也找不出反駁的理由。

林東夾在中間苦不堪言，苦笑道：「蕭警官，不早了，我們先走了，再見。」

蕭蓉蓉笑道：「是很晚了，不過事情還沒辦完，兩位還得跟我回去錄一下口供。」

林東看了一眼溫欣瑤，徵求她的意見，溫欣瑤點點頭：「我們跟她去吧，我不是不講道理的人。」

到了警局，錄完口供，溫欣瑤開車載著林東去吃了飯，將他送到樓下，已是凌晨四點鐘。二人簡單話別，這一夜經歷了那麼多事，皆感疲憊。林東回到家中之後，洗漱完畢便倒床睡著了。

第二天醒來，已是中午十點，林東慌忙從床上爬了起來，趕到公司已將近十一點。楊敏見他進來，立即去給他泡茶。林東看了看她，恍然有所悟，說道：「小楊，給大頭也泡一杯。哦，對了，他喜歡喝濃茶。」

紀建明和崔廣才聽了這話，回頭問道：「那我呢？」

林東笑了笑，揮揮手：「小楊，別理他倆，要喝自己泡去。」楊敏笑嘻嘻地把四個人的杯子都收了出去，不一會兒，就見她將四人的杯子拿了進來。

「林總喜歡喝白水，大頭哥喜歡濃茶，建明哥喜歡喝苦咖啡，廣才哥喝咖啡要多加糖。」

楊敏邊忙邊說，將茶杯一一放到四人桌上：「怎麼樣，我沒記錯吧？」

楊敏和林東四人相處了好一陣子，彼此漸漸熟絡，說話也不會像剛開始那樣臉紅，如今已和四人打成了一片。

崔廣才道：「林總，你要不把楊敏調到咱資產運作部，你瞧，多貼心吶！」

劉大頭立馬附和，猴急地道：「是啊，咱資產運作部離不開楊敏。」

紀建明白了劉大頭一眼，笑道：「大頭，我看是你離不開人家吧？」

楊敏聽了這話，俏臉通紅，扭身跑了出去。

林東笑了笑，看來並非他一人看出了劉大頭對楊敏有意思。他瞭解劉大頭的性子，喜歡人家卻又不敢說出口，為了兄弟的幸福，他打算找個機會探探楊敏的口風，如果雙方互有好感，不妨為他倆搭橋牽線，說不定能成全一段佳話。

收盤之後，劉大頭經過一番統計核算，一揮拳從凳子上站了起來，高聲道：「同志們，我宣佈一個大好消息，咱們金鼎一號累計收益已經突破了百分之七十，準確的數字是百分之七十四！」

林東借助與玉片的感應，金鼎一號在他的操作下，財富迅速累積，每一天都在以驚人的速度增長，而他自身的財富也在驚人地增長，由起初借李庭松的十萬資金起家，短短兩三個月已如滾雪球般，他在股票帳戶裏的資產已突近了三百萬。除了他自己後來追加進去的資金外，有將近兩百萬的資金是他從股市裏賺來的。

待到拿到金鼎一號的利潤分紅之後，他的身家將會超過五百萬，到那時他就可以再次登門拜訪高五爺。

下班之前，楊敏走進資產運作部的辦公室，卻沒見到林東，問道：「大頭哥，林總哪兒去了？」

劉大頭笑答道：「在他自己的辦公室，小楊，你有事找他？」

楊敏低頭說道：「不是，我過來就是跟你們說一下，從下周開始，我就不能待在你們部門了。溫總要招一批人進來，我得回歸本職工作了。」語氣中頗有些傷感的味道。

崔廣才笑道：「楊敏，這有啥難過的。咱們都在一家公司，想我們幾個了就過來看看，走幾步路的事。」

獨龍被擒的消息傳到李老棍子的耳朵裏，李老棍子優哉遊哉地喝了口茶，吧嗒吸了口煙，睜開眼睛對李家三兄弟說道：

「幸好你們之前告訴我姓林的認識李龍三，我猜他或許跟高紅軍有些關係，所以才沒接那活。」

李家三兄弟紛紛點頭：「叔，獨龍恐怕是出不來了，他身上的案子，任挑一件都是夠掉腦袋的。」

李老二暗自慶幸林東沒死，卻沒想到獨龍竟會折在他手裏，心中暗道小瞧林東的能耐了。

萬源急急忙忙趕到汪海的別墅。

「老汪，怎麼了？」

萬源進來時，汪海正在來回踱步，肥臉上全是汗珠，低聲道：「老萬，獨龍失手了，被員警當場逮住了，這下麻煩了。」

「你著急上火把我叫來就是為了這事？老汪，你太不淡定了。」萬源坐了下來，點著了煙遞給汪海：「來，抽根煙靜靜心。」

汪海靠在沙發上，腦袋朝上看著天花板：「我的公司就快上市了，這當口可不能出亂子！」

萬源蹺著二郎腿笑道：「獨龍的事我早知道了。你知道獨龍有個寡婦嫂子？」

汪海搖搖頭：「知道，你提她作甚？」

「嘿！」萬源淫笑道：「那娘們真夠味，爽死我了。」

汪海破口大罵：「他娘的，什麼時候了，你還把獨龍嫂子給睡了！你不怕獨龍發狂，把咱們都供出來嗎？」

「獨龍是個瘋子，唯一的軟肋就是他的嫂子。嘿，那小子跟那娘們有染，還生下個孩子。我告訴她，咱倆沒事，她娘倆就一輩子不愁吃喝。哼，如果獨龍把咱倆供出來，她娘倆會死得很慘。」

汪海懸著的心終於放了下來，淫笑道：「老萬，不夠意思啊，敲寡婦門也不叫上兄弟。」

萬源嘿嘿笑了笑：「那寡婦又跑不了，下次送錢給她，你去不就行了。」

二人吞雲吐霧，發出一陣淫笑。

金鼎一號運作一個月，累計收益超過了百分之百。溫欣瑤翻看林東送來的業績報告，像是收到了一份份令她驚喜不斷的禮物，翻閱之後，抬起頭來，臉上綻放出燦爛的笑容。

坐在對面的林東被她的笑容所迷，一時竟呆住了。

溫欣瑤問道：「林東，你怎麼了，幹嘛那麼看我？」

林東鼓足勇氣道：「溫總，你笑起來真好看，從沒見過你笑得那麼開心。」

溫欣瑤並沒有覺得林東語氣輕薄，反而笑道：「的確是很開心，不過這開心是你賜予的。好了，言歸正傳，我說說下一步的計畫吧。我打算將你進行包裝，然後……」

聽了溫欣瑤的計畫，林東明白了他的想法。金鼎若想做大，就必須將作為公司核心的他宣傳出去，必須要進行必要的包裝。金鼎一號已進入成熟期，接下來溫欣瑤計畫推出金鼎二號，若想募集更多的資金，就必須塑造出一個有影響力、有號召力的金融界明星，而林東無疑是唯一的人選。

「溫總，我同意你的方案。」林東表了態。

溫欣瑤繼續說道：「我專門聘請了麗莎小姐作為你的形象顧問，她剛到國內，兩天後就會上任。林東，做明星是要付出代價的。以後你的個人形象由麗莎全權負責，穿著上再不能隨意了。還有，以後我會帶你參加各種社交活動，多認識一些人，同時也增加你的曝光率。電視台那邊我也在積極聯繫，希望能安排你上財經節目，增加你的知名度。」

林東汗顏，溫欣瑤所說的這些都是他未曾想到的，看來在某些方面，溫欣瑤的確要比他強很多。

楊敏最近很忙，溫欣瑤要組建公關部，資產運作部也急需擴充人手，這些日子每日都在忙招聘的事情。紀建明已經接到了通知，在資產運作部內部將成立一個情報收集部門，由他管轄新入公司的八個同事負責情報收集篩選工作，以供資產運作部選股。劉大頭和崔廣才每人名下各添了六個操盤手。隨著運作的資金越來越多，全靠他們四人也不大現實。

溫欣瑤送到資產運作部的這些人，全部都有三年以上的操盤經驗，都是高薪從別的地方挖來的人才。劉大頭三人因為升了職，薪資各翻了一倍。劉大頭再也不用為每個月五六千塊的房貸發愁，竟生出了再買一套房的想法。

下班之後，林東正與高倩在一所學校的操場上學開車，接到了李庭松的電話。

「老三，我正想找你呢，有好消息要告訴你。」林東笑道。

李庭松道：「老大，我也有好消息要告訴你！你先說吧。」

「之前你借我的十萬塊錢，我投進了金鼎一號，現在金鼎一號的淨值翻了一番，已變成了二十萬。你是要繼續放裏面呢，還是取現？」

李庭松知道林東今非昔比，也不跟他客氣，笑道：

「那麼賺錢，當然繼續放著了。老大，該我說了，你在大豐新村的那套房子，因為臨街，我走了點關係，嘿，你能拿到現金一百三十萬，外加一套九十平米的房。」

林東大喜，李庭松這麼一弄，相當於給他送來了上百萬塊錢，他笑道：「老三，兄弟之間不言謝，改天我請你吃飯。不聊了，我正在學車呢。」

最近十來天，林東每天下班之後都會到這裏跟高倩學習開車，高倩開車的技術一流，教徒弟的本事也不差，五六天的工夫，林東已基本可以上路了。溫欣瑤托關係給林東弄來了駕照，從德國訂的車據說還有幾天就能到，到時，林東就可以開著自己的車上路了。

練了一個小時的車，二人都餓了，決定去吃飯。林東已經有了駕照，高倩便讓他開車，自己則坐在一邊指導。林東開得很穩，將車開到飯店門口，又倒進了停車位，過程自然流暢，若不知道他是新手，還真會認為他是老司機。

吃完飯，林東將車開到樓下，和高倩攜手上了樓。高倩知道林東今非昔比，也愈加體貼他。二人擁吻在一起，探索彼此內心最深處的欲望，卻總徘徊在最後的關口。

高倩起身整理好衣服，面色潮紅，看著喘著粗氣的林東，嘟嘴道：

「東，我說過了，等到我爸的同意我們交往之後，到時候我就是你的。」

「嘿，你說真的嗎？」林東抱著高倩，問道。

高倩含羞點點頭。

林東說道：「倩，那我告訴你，那一天就快來了，應該不會超過一個月。」

高倩聞言，將頭埋在他的胸膛上，喜極而泣。不僅為愛人所取得的成就感到驕傲，也慶幸自己選了人。林東是支潛力股，在未上市之前就被她發現了，如今想來，高倩實在是很佩服自己的眼光。

第五章

美女形象顧問

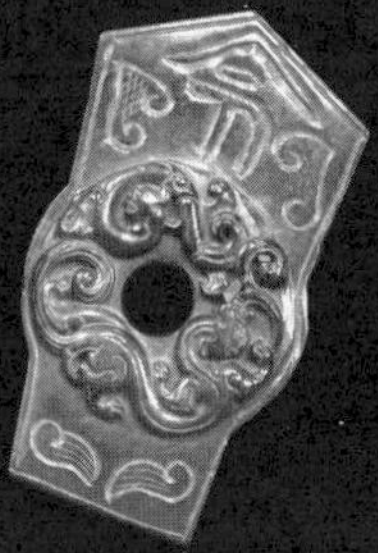

林東調笑道：「麗莎小姐，劉德華和曾志偉同是大牌，不知你打算把我調教成哪樣的大牌？哦，不好意思，你在國外太久，可能不認識他們。」

麗莎豎起手中的小包遮住了嘴，忍不住笑了笑：「想不到林先生那麼風趣，倒是有做笑星的潛質哦，本來是打算將你改造成華仔那樣的型男，可聽了你剛才的話，我覺得你更適合追隨曾志偉的風格。」

「林先生，你好，我叫麗莎，你的形象顧問。」

麗莎走進林東的辦公室，丰姿綽約，身著一襲黑色長裙，高貴優雅，長腿豐臀，胸前的小丘更是傲人，身材簡直堪稱完美。她面部的線條較為分明，如經上帝之手精雕細琢過一般，五官出奇得精緻，卻又不失柔美。長長的睫毛閃動，一雙漂亮的大眼睛像是會放電似的，柔順的金色長髮披在肩上，令人覺得在她狂野的外表下似乎又隱藏著幾分淑靜。

麗莎進了辦公室，林東只覺辦公室似乎亮堂了不少。他咳了一聲，心道溫欣瑤怎麼給他找了這麼個尤物過來，這還讓他怎麼專心工作。

看到麗莎碧藍色的眼睛，林東誇讚道：「麗莎，東西方女性之美，在你身上都兼具了。」

麗莎一開口，竟是標準的普通話：「林先生有所不知，我父親是中國人，母親是英國人。我是混血兒，十五歲之前生活在中國。」

「哦，是這樣啊，難怪難怪。」林東手上還有公務要處理，便說道：「麗莎小姐，我這兒沒什麼事情，你可以去忙自己的事。」

麗莎忽然站了起來，雙掌握在一起笑道：「林先生，你沒事情就太好了，那麼我可以忙自己的事了。」

林東伸伸手，說道：「是的，你請便。」

哪知麗莎聽了這話，卻並未離開他的辦公室，反而走了過來，說道：「林先生，我的事情就是幫助你以最完美的形象出現在公眾面前，現在，請你離開座椅，到這邊來。」

林東愕然，心裏有苦說不出來，心想這小妮子離開中國太久了，連他的話外之音都聽不懂，卻又不忍心拒絕她，只好按照麗莎的意思，朝她走了過去。

麗莎雙臂抱在胸前，仔細觀察林東走路時的動作以及他的身姿，當林東走到她面前，又開口道：「林先生，麻煩你背對我再走一圈。」

林東心裏叫苦不迭，心想這不是花錢請人來把自己當猴耍麼，這才剛見面就這樣，還不知後面會怎麼折騰，只好硬著頭皮又走了一圈。

麗莎拍拍手掌，露出滿意的笑容：「Good！林先生身姿挺拔，走路時手腿的動作和幅度非常協調。那麼，現在請你把上衣脫下來。」

「脫衣服？」林東訝然，盯著麗莎的臉，驚問道：「麗莎小姐，你是開玩笑吧？這可是辦公的地方！」不自覺中提升了音量，辦公室的門開著，聲音傳到外面，同事紛紛朝他投來好奇的目光。

麗莎點點頭，不慌不忙道：「林先生，你沒聽錯。把上衣脫了，我要測量你的體型，為你量身定做一些衣服。」

林東搖搖頭，堅定地拒絕了麗莎的要求：「麗莎小姐，對不起，這裏是公司，處理公務的地方。你覺得這樣可以嗎，下班後去我家裏？」

麗莎點頭笑道：「林先生，你這是繞彎子約我嗎？果然國內的男生比較含蓄。不過……我喜歡。」麗莎提著坤包離開了林東的辦公室，走到門口，回頭朝林東拋了個媚眼，電力十足。

林東一抹腦袋，一臉的汗，心道這混血妞真是難應付。處理完公務，林東敲門進了溫欣瑤的辦公室，二人約好了今天商談金鼎二號的事情。

溫欣瑤見他進來，笑道：「對麗莎的感覺如何？」

林東嘴角溢出一絲苦笑，只說了兩個字：「難纏！」

溫欣瑤道：「麗莎是我在英國認識的朋友，師從英國形象設計大師傑克森。林東，不要有抗拒心理，必要的包裝是必須的。」

林東點點頭，苦笑道：「只要不把我弄成髮廊四少那樣就行。」他和溫欣瑤之間的交流越來越隨意，有時候發現，明明是來交流工作的，不知怎的，大部分時間卻都荒廢在了閒聊上。

二人聊了一些關於金鼎二號的事情，皆認為應該推後金鼎二號的推出日期，集中精力將金鼎一號的名聲打出去，如此才更有利於金鼎二號的募集。在金鼎二號推出之前，最重要的就是將金鼎一號和林東捆綁在一起，提升知名度和擴大影響力。

林東起身剛想離開溫欣瑤的辦公室，卻被她叫住了。

溫欣瑤從包裏拿出一份請柬，推到林東面前：「玉石行金家遞來的請柬，我今晚有些事情去不了，你代我去吧。時間地點，請柬上都有寫明。」林東清楚溫欣瑤的用意，無非是想讓他多認識一些上流社會的人，借此來擴大他的知名度。

玉石行金家是蘇城赫赫有名的大家族，生意遍佈全國，尤其在江省，玉石這一行就是金家的天下。當今金大川是有名的大慈善家，前些日子廣發請帖，邀請江省各界名人為了今晚的慈善拍賣會。屆時金家將會拍賣三樣珍寶，所得善款將悉數捐給慈善機構。

「嗯，好，我一定準時到達。」林東收起請柬，回到辦公室，明天是週末，他打算邀請劉大頭三人和楊敏到他家裏做客，借機看看能不能為劉大頭創造接近楊敏的機會。

將劉大頭三人叫到了辦公室，這哥仨大大咧咧地在他辦公室裏坐了下來。紀建明躺在沙發上，笑道：「老總辦公室的沙發就是舒服啊。」

林東問道：「哥幾個明天有事嗎？我想請各位去我家燒烤。」

崔廣才問道：「林東，你家那麼小，怎麼燒烤，還不弄得烏煙瘴氣！」

「嘿，我不住在頂層嘛，天台就是相當於我的私人空間，當然不會放在家裏燒烤了。」林東答道。

紀建明哼唧了一聲：「哎呀，四個大男人，有啥子勁。」

林東朝劉大頭望了一眼：「哪能就咱四個光棍，我跟楊敏已經約好了，她已經答應了。如果你們都不去，嘿，那正好！」

劉大頭急了，忙說道：「誰說不去了？我有時間，一定準時到。」紀建明和崔廣才也紛紛表態會去，四人商議十一點到林東家裏。

下班之後，林東急忙往家裏趕去。請柬上寫的時間是七點，他還要趕到富宮大酒店，時間已比較倉促。他剛打開家門，便接到了一個陌生號碼的來電。

「喂，請問哪位？」林東問道。

「林先生，你不記得約了人家下班後去你家裏嗎？」

是麗莎的聲音，林東一拍腦袋，倒是把這事忘了，略帶歉意地道：「麗莎小姐，不好意思啊，我今晚要去參加一個慈善活動，所以，能不能改日再請你來我家？」

麗莎的聲音有些不悅：「國內的男人總是將事業擺在第一位，林先生，我很不高興，既然你約了我，就應該把其他事情推掉，這是對我基本的尊重，是禮儀，你懂嗎？」

林東沒想到麗莎的脾氣這麼大，解釋道：「也是溫總臨時安排的，若是提前知道今晚會有事情……哎，麗莎，對不起啦，我真誠地向你道歉。」

「我生氣了，林先生，除非你帶我去參加活動，否則我絕不會原諒你。」麗莎的語氣冰冷，似乎真的很惱火。

林東略一思忖，說道：「那好吧，你在哪裏？我去接你。」

「在你樓下！」

麗莎啪的一聲掛了電話，林東掀開窗簾一看，只見樓下停了一輛紅色的跑車，心知麗莎應該就在車內，只是不知這妮子會知道他住這裏，也來不及多想，換了套衣服就下了樓。

麗莎見林東從樓道裏走出來，推開車門下了車。她穿了一套紫色的晚禮服，酥胸高挺，豐臀挺翹，整個人豔光四射，讓人看了一眼便移不開眼睛。林東看到了這輛紅色保時捷的車牌，問道：「哦，這不是溫總的車嗎？」

麗莎笑道：「是啊，溫總借我開的，也是她讓我來的，是她要我陪你一起去參加慈善晚宴的。」

聽了麗莎這話，林東就一切都了然了。

二人上了車，麗莎初到蘇城，不熟悉道路，坐到副駕駛座上，將方向盤交給了林東。林東第一次開跑車，一腳下去，用力過大，油門踩重了，保時捷發出一聲轟鳴，風一般躥了出去，嚇得他出了一身冷汗。

幾分鐘的時間，他便熟悉了這輛保時捷的性能，漸漸得心應手起來。麗莎坐在身旁，對林東今晚的著裝從頭到腳進行了詳細的點評，最終歸結為兩字，極差！

七點未到，二人就到了富宮大酒店。下了車，便有侍者引路，將他倆帶去宴會廳。林東第一次參加這種酒會，微微緊張，不知何時，麗莎的玉臂已挽住了他的胳膊。

穿過紅毯之時，兩邊的鎂光燈不停閃爍。今晚來了許多記者，忽然間發現林東和麗莎這一對俊男靚女，他們豈肯放過，追著他倆的步伐不停拍照。麗莎走走停停，擺出各種優雅的姿勢，大方地讓記者拍照，看上去比出席頒獎典禮的明星還要專業。

相比之下，林東則顯得生硬許多，無奈被麗莎拖住，只能對著鏡頭笑了笑。好不容易擺脫記者，卻聽麗莎在他耳邊道：「林先生，你剛才的表現太不專業了。不過不要緊，以你的外形條件，只需經我調教一些時日，必會有大牌男星的風範。」

林東調笑道：「麗莎小姐，劉德華和曾志偉同是大牌，不知你打算把我調教成哪樣的大牌？哦，不好意思，你在國外太久，可能不認識他們。」

麗莎豎起手中的小包遮住了嘴，忍不住笑了笑：「想不到林先生那麼風趣，倒是有做笑星的潛質哦，本來是打算將你改造成華仔那樣的型男，可聽了你剛才的話，我覺得你更適合追隨曾志偉的風格。」

林東微微一笑，經過這一來一往的玩笑，他與麗莎之間的關係似乎融洽了許多。

麗莎挽著林東的胳膊，二人款款走進宴會廳，男的神采俊朗，女的貌比天仙，頓時引起一陣騷動，眾人紛紛側目相望。他二人皆從未在蘇城上流社會的社交活動中出現過，乍一露面，引起不少猜測，有不少人皆認為他倆是出自江省某個市的名門望族。

「老弟，真沒想到能在這裏看見你。」左永貴手持酒杯，見到了林東，過來打招呼。

林東喜出望外，總算是見到了熟人，笑道：「左老闆，見到你真是太好了。」

左永貴的目光在麗莎的身上不停掃動，任何一處都未放過，暗暗猛吞口水，腦子裏飛出一些淫邪的畫面，驚訝麗莎美豔的同時，又不得不羡慕林東的豔福。

「我過去和朋友們打聲招呼，待會再去找你。」左永貴盯著麗莎的胸前看了一眼，從林東身邊走過，目光卻停留在了麗莎的美臀上，久久不肯移開。

「那人的目光真討厭。」麗莎低聲說了一句。

侍者送來了酒，林東喝了幾口，味道不錯，本想去取點東西填飽肚子，卻在人群中見到了陳美玉的倩影，正朝他盈盈走來。

「陳總，你也在這兒啊。」林東上次說錯話引得陳美玉不高興，主動走上前去打了招呼，不知陳美玉的心裏是否已消了氣。他一走開，麗莎就被一群蜂擁而來的男人圍住了，只見她周旋於眾人之間，談笑風生，應付自如，遊刃有餘。

陳美玉和他碰了杯，她今夜穿了一條黑色的長裙，質地柔順一如她的長髮，緊貼在她曲線曼妙的嬌軀上，將成熟女人的魅力發揮了極致，林東忍不住一陣心動。

「怎麼，林先生看到我很吃驚麼，抑或是你不想見到人家？」陳美玉語笑嫣然，輕輕搖晃杯中的紅酒，紅唇如火，不時惹來男人充滿欲望的目光。

聽到陳美玉這麼說，林東懸著的心放了下來，心知她已完全消了氣，笑道：

「陳總今晚真是……美麗，嗨！恕我嘴拙詞窮，見到你，我都不知該說什麼了。」

陳美玉被他逗得掩嘴一笑，忽然問道：「林先生，那我倒是要問問你，與你同來的那位混血美女相比，在你心中誰更漂亮呢？」

林東最害怕被捲進女人爭風吃醋的漩渦中，其實在他心裏，陳美玉與麗莎各有千秋，是兩種不同的美，根本無法放在一起比較的。

「我覺得應該是各擅勝場，各領風騷。」

「你這嘴巴像是抹了蜜似的，哪裏瞧得出半分嘴拙。」陳美玉說完這話，飄然蕩開，她還有許多朋友未去招呼。

林東朝麗莎的方向走去，猛然在圍住她的一圈男人中發現了一個肥胖的身影，走近一瞧，果真是汪海！汪海一身白色，就連脖子上的領結也是白色的，大如孕婦的肚子將襯衫繃得緊緊的，正如蒼蠅般圍著麗莎嗡嗡轉，一臉的淫邪。

林東走到近前，叫了一聲：「麗莎！」麗莎旋即拋開眾人，如小鳥般飛到林東身邊，挽起他的胳膊，舉止親昵。

「你跑哪去了，丟下人家一個人，難道你不害怕他們欺負我嗎？」麗莎嘟著小嘴，很委屈的樣子。眾男人自知沒戲，一窩蜂散了，除了汪海。

林東冷冷看著汪海，笑了一聲：「汪老闆，節哀順變。」

汪海眉頭一挑，面色難看之極，質問道：「姓林的，你這話是什麼意思？」

「哦，不好意思，我見你穿這一身，還以為是你家裏正在辦白事呢。」語罷，朝麗莎笑了笑，便欲離開。

汪海氣得牙癢癢，喘著粗氣：「慢！姓林的，你別走！」轉而對麗莎笑道：「麗莎小姐，姓林的給了你多少錢，我出雙倍，你跟我，好不好？」

麗莎朝林東微微一笑：「汪先生出手如此大度，我倒是要想一想了。」

汪海面色稍解，拍著胸脯，笑道：「只要你跟了我，洋房、名車，要什麼有什麼。我老汪別的沒有，就是有花不完的錢。」

麗莎笑道：「汪先生有愛心嗎？若是有，待會慈善拍賣的時候，不妨做些好事。我在國外的時候，最崇拜那些既有錢又有愛心的人了。」

汪海淫笑著點頭，口水都快滴到了腳背上。麗莎挽著林東，朝汪海拋了個媚眼往別處去了。想到即將開始的拍賣，林東腦子裏忽然生出一計，在麗莎耳邊將他的計畫說了出來，雖聽不清他說的是什麼，卻見麗莎不住點頭。

「小林？」

聽到背後有人叫，林東回頭望去，只見傅家琮一襲唐裝，正在笑盈盈地看著他。林東喜出望外，上前與傅家琮擁抱了一下：「大叔，你也來啦，怎麼剛才沒瞧見你？」

傅家琮高興地笑道：「有些瑣事耽擱了，所以晚了些，剛剛才到。」傅家琮心知今晚來的都是江省名流，卻不知為何林東能夠受邀出席。二人久未見面，林東將傅家琮視作敦厚長者，傅家琮心知林東是御令傳人，對其有一份特殊的感情，這一見面，便似有說不完的話。

聽完林東的遭遇，傅家琮笑道：「福禍相依，小林，想不到你因禍得福，已經是一家投資公司的總經理啦，可喜可賀啊。」

「各位來賓，歡迎各位出席今晚的慈善晚宴，請各位移步就座。下面即將進行的環節便是本次晚會的主題慈善拍賣。」

眾人落座之後，便有金家的人將要拍賣的三件東西請了出來，均以紅布遮著。林東坐在傅家琮身旁，麗莎坐在林東的身邊。左永貴和陳美玉分別坐在第三排和第五排，而汪海則坐在了第一排。

「有請金氏集團總經理金河谷先生，請他為我們主持今晚的慈善拍賣！」

金河谷在眾人的掌聲中登上了台，林東本以為這金河谷會是個中年人，等他一登上台，才知自己的猜測大錯特錯。金河谷面色微黑，身材高大壯實，充滿陽剛之氣，模樣不過是二十七八歲的樣子。

來。

金河谷站在台上，雖然年輕，卻相當成熟穩重，壓了壓手，整個宴會廳安靜下來。

「各位能來是我金家的榮幸，歡迎之至。金家為商至今，始終恪守先祖定下的『經商為民，回報社會』的家訓。慈善是一項事業，需要你我共同的努力。好了，河谷話不多說。現在請出今晚拍賣的第一樣珍寶，出自民國巧匠之手的春色三彩玉鐲子一對，起拍價一百萬！」

傅家琮在林東耳邊道：「這鐲子出自民國南懷遠之手，南懷遠素有『鬼匠』之稱，是民國頂尖的玉石雕刻家，流傳於世的珍品不多。金河谷展出的這一對，市場價至少在三百萬以上。」

「兩百萬！」

金河谷揚聲道：「好！萬馬集團總裁楊先生出價兩百萬，慈善靠大家，還有更高的出價嗎？」

「兩百五十萬！」

「三百萬！」

「三百五十萬！」

……

先後有四五人參與到競拍中，最後由萬馬集團的總裁楊一民以五百萬的高價拍得。

林東凝目朝那對玉鐲子望去，一絲微弱卻濃郁的清涼氣息湧入了他的瞳孔深處，瞳孔內的藍芒似乎在那一瞬壯大了些許。

「感謝萬馬集團總裁楊先生的善款！各位朋友，下面為大家展出的是出自明朝大家之手的玉兔抱月枕，這只玉枕重逾十斤，用料講究，起拍價兩百萬！不知在座的哪位善人會說出第一個報價呢？」

左永貴舉起牌子，吼道：「我出三百萬！」

他身旁的熟人調笑道：「老左，你倒是闊氣，這一出手就是三百萬，可知道這三百萬夠你的夜總會請多少姑娘？」

左永貴嘿笑道：「嘿，咱這脖子有點毛病，聽說玉枕能治病，管它真的假的，弄一個回去試試唄，再說這可是慈善事業，咱這些人都該積積德了，你說是嗎？」

那人聽左永貴這麼一說，舉牌叫道：「三百五十萬！」

傅家琮笑了笑，對林東道：「嘿，小林，你別看這玩意大，卻沒剛才的一對鐲子值錢。金家把這東西放在玉鐲子後面，沒安好心吶。」

林東凝目朝那玉枕望去，只有一絲微弱稀薄的涼氣遁入了他的瞳孔中，便心知這玉枕不如方才的玉鐲子，可在場大多數人都沒傳家琮那樣的眼力，只當個大就是好東西，一個勁往上抬價，最後竟然拍出了七百萬的高價！

「恭喜猛牛乳業江省分公司的王總，這個玉枕歸您了，感謝您為慈善事業做出的貢獻！」金河谷頓了頓，掃視全場，目光最後停留在麗莎的臉上，伸手做出一個邀請的動作，問道：「請問那位小姐，接下來請出的這件寶貝非同凡響，我可以請您上台為大家展示嗎？」

麗莎朝林東看了一眼，林東點點頭，她便邁步走上了台。在台上明亮的燈光照耀下，麗莎愈發顯得嫵媚動人。金河谷一陣心動，臉上掠過一絲興奮之色，問道：「對不起，尚不知小姐芳名，請不吝賜之。」

麗莎笑道：「叫我麗莎好了。」人美聲音也甜，台下的男人大多數失了魂，被麗莎的美麗所迷倒，汪海更是眼也不眨地盯著麗莎的胸前，看了一會兒，只覺口乾舌燥。

金河谷收回心神，揚聲道：「接下來請出的便是我們金家的翡翠龍鳳緣如意！」此話一出，頓時一陣軒然大波。

林東不知那緣如意是何物，朝傳家琮看了一眼，後者介紹說道：「相傳金家先祖曾在緬甸賭得一塊好石頭，便是以那塊石頭發的家。據說金家先祖以那塊石頭中的翡翠打造了三樣東西，其中一樣便是這龍鳳綠如意。」

「龍吐珠，鳳呈祥。龍鳳自古便是我們炎黃子孫公認的祥瑞，而這個龍鳳綠如意對我金家又有特殊的意義。家父這些年潛心修佛，一心向善，也是在他的建議下，我才決定將家族重寶拿出來拍賣，說實話，我還真是有些不捨，可為了慈善事業，我金家上下絕對會遵從祖訓，不遺餘力地支持慈善事業！」

金河谷的這番慷慨陳詞引來一陣陣經久不息的掌聲，而傅家琮則是皺著眉頭，林東心知他必有不同的想法。

金河谷取出龍鳳綠如意，小心翼翼地交到麗莎的手中。林東凝目朝麗莎手中的龍鳳綠如意望去，只覺一陣濃郁的清涼之氣遁入眼中，卻並未感到有種看到玉鐲子時的古樸悠遠的氣息。

林東不禁問道：「傅大叔，你可知金家是何時發家的？」

傅家琮贊許地看了他一眼，笑道：「金家發家已有三四百年了。小林，你是不是瞧出什麼來了？」

「三四百年？要比那民國時期的玉鐲子年代久遠多了，可那龍鳳綠如意卻不像是個古物。」林東一針見血地道出了他心中的疑惑，轉頭望了望傅家琮，只見傅家琮咧嘴一笑，似有深意。

「翡翠的確是上等的貨色，可別的我就不敢說了，嘿，就看誰倒楣，拍到這玩意兒。」傅家琮在林東耳邊低聲道。

麗莎一手托住綠如意的底部，另一手扶住綠如意的上頭，在台上走了一圈，擺出各種造型，台下將近兩三百個男人，超過九成的眼球都隨她的身影轉動，欣賞她多過欣賞金家的家傳寶物龍鳳綠如意。

麗莎最後在金河谷的身邊停了下來，柔聲問道：「金先生，我可以借用一下你的話筒麼？」金河谷點頭答應，忙不迭地讓了過來。

麗莎移步對著話筒，說道：

「人人都應該為慈善事業貢獻一份力量，今夜有幸來到此處，不過我身上並沒有什麼可以拍賣的東西，但也想為慈善事業盡一點綿薄之力，所以我決定將會親吻一下拍得龍鳳綠如意的帥哥！」

此言一出，台下的男人們沸騰了！

「金大少，趕快說出底價……」汪海等人紛紛催促金河谷儘快競拍，金河谷感激地看了一眼麗莎，略表謝意，他哪裏知道麗莎的用心。

「這件翡翠龍鳳綠如意的起拍價是五百萬！我宣佈，競拍現在開始！」金河谷見到下面人聲鼎沸，壓抑住激動的心情朗聲道。

汪海舉起牌子，吼道：「六百萬！」

「亨通地產的汪總出價六百萬，有更高的嗎？」

「七百萬！」汪海後面的一個黑臉胖子舉起了牌子，眼睛賊溜溜地在麗莎的身上掃蕩。

「中遠地產的錢總出價七百萬，還有更高的嗎？」

「七百五十萬！」

「八百萬！」

「八百五十萬！」

……

「一千三百萬！」

在汪海喊出一千三百萬的高價時，台下終於恢復了平靜，一片寂靜。諸多參與競拍的對手放棄了競拍，汪海站了起來，惡狠狠地瞪了一眼中原地產的老總錢國強。在江省，亨通地產一直壓制著中原地產，錢國強與汪海多次交手，皆以失敗告終。汪海對慈善事業沒有半點興趣，他為的只是能夠得到麗莎的一吻和再一次擊敗老對手。

汪海想起林東那張臉，就恨不得將一腔怒火發洩在麗莎身上，他相信沒有不愛財的女人，只要開出足夠誘人的價錢，麗莎定會拋棄林東，投奔到他的懷裏。

「一千三百萬一次，一千三百萬兩次！」這個價錢是金河谷也未曾想到的高價，心裏樂開了花。

「一千五百萬！」林東悄無聲息地舉起了牌子，報出了一個令全場訝然失聲的數字！

金河谷不認識林東，只當哪個錢多人傻的富家子弟不惜重金為博得美人一吻，說道：「那位先生出價一千五百萬，汪總，您有更高的出價嗎？」

汪海回頭看了一眼，見是林東和他抬杠，心道若是別人也就罷了，我汪海豈能做你小子的腳底泥，頓時起了爭鬥之心，吼道：「一千六百萬！」

「一千八百萬！」林東舉牌道：「汪老闆，麗莎是跟我的，我豈能讓她去親吻別的男人？你行行好，就把這龍鳳緣如意讓給我好了。」

汪海齜牙咧嘴，嘿嘿直笑，轉身舉牌吼道：「兩千萬！姓林的，老子跟你死磕到底，就要親你的女人！」汪海見林東不再報價，心中出了口氣，他一向橫行無忌，當著眾人的面也敢說出這樣的話。

林東起身，走到汪海面前伸手笑道：「汪老闆，你贏了，感謝您為慈善事業做出的貢獻！」

金河谷在台上已經宣佈翡翠龍鳳綠如意歸汪海所有，汪海瞧著林東，身上直冒汗，平靜下來之後才發現自己實在是太衝動了，為了個綠如意和麗莎的一吻，代價竟然是兩千萬，想想真是肉疼。

傅家琮心裏一直為林東捏了把汗，不明白他意欲何為，直到此刻，他才終於明白了林東的想法，微微一笑，不禁佩服起林東的膽識和謀略。

「這小子，嘿，可把汪海害慘了。」

林東這手是在騰沖的時候跟毛興鴻學的，當初毛興鴻利用段奇成急於勝他的心理，故意將價格提高，然後退出競爭，讓段奇成栽了個跟斗，損失慘重。金家拿出來拍賣的三件東西一件不如一件，玉鐲子和玉枕好歹是古物，而這翡翠龍鳳綠如意則是金家新造之物，冠上個家傳重寶的名頭便引得眾人哄搶，當真可笑至極。

汪海付出的代價最大，拍到的卻是最不值錢的東西。雖然戲弄了汪海，林東心裏有一絲不爽，幾乎壞掉了他的好心情，看著台上的麗莎，想到她待會要被汪海這隻肥豬抱著狂吻，氣就不打一處來。

麗莎走下台，來到林東身邊，金河谷跟了過來，似乎有話要說。汪海見了麗莎，淫笑道：「小乖乖，是你兌現承諾的時候了。」撲上去就要親麗莎，卻被麗莎輕飄飄地避開了。

汪海連撲幾次，都被麗莎躲開，冷臉道：「當著那麼多人的面，你想耍賴？」

麗莎拍拍胸口，嗔道：「汪老闆，你嚇到人家了，不是人家耍賴，而是你不守規矩，想占人家便宜。」

汪海怒道：「剛才誰沒聽見，是你說，誰拍到那勞什子如意就親他一下，金大少，你說是不是？」

金河谷訕訕一笑，點點頭，他心裏也極不願意麗莎親吻汪海。

麗莎面朝眾人，一臉的委屈，嬌滴滴地道：「各位評評理，我說的是拍得龍鳳緣如意的帥哥將會獲得我一吻，請大家看看，這人能算帥哥嗎？」

「不能！」眾人紛紛迎合，汪海的臉色愈發難看。

錢國強瞧見汪海吃癟，心中痛快，起身說道：「那得看汪老闆跟什麼比了，跟豬比，他算是帥的了，嘿嘿，跟人比，我就不好意思說了。」

「錢老闆說得好啊！」錢國強說完，響起一陣掌聲，汪海平日裏橫行霸道，眾人對他皆有微詞。

汪海一時間成為眾矢之的，麗莎躲在林東身後，汪海也無法強來，只好對金河谷吼道：「金大少，此間的事情是你金家負責，你到底管不管？」

金河谷苦笑道：「汪老闆息怒，麗莎小姐不是我金家的人，你要我怎麼負責？

不好意思，沒法給你交代了。」

汪海雙目冒火，睜大眼睛惡狠狠地盯著林東，眼珠都快爆了，怒道：「都是你小子搞的鬼，咱們走著瞧！」語罷，甩開步子離開了宴會廳。

「汪大善人慢走啊……」也不知是誰起的頭，汪海的背後響起一陣歡送的笑聲。

金河谷盯著麗莎的俏臉，見她親暱地依偎在林東的懷裏，將原本想對她說的話全部咽到了肚子裏，心中已將林東視作敵人，臉上卻是一臉笑容，問道：「這位先生從未見過，可否認識一下？」

林東伸出手，「在下林東，無名小卒一個，能認識金大少，榮幸之至。」

金河谷伸出手和林東握在一起，目中閃過一抹寒光，手上暗暗使勁，剛一發力忽覺不對勁，想要撤手已是晚了。金河谷見林東比他瘦弱，原以為可以在力量上佔據上風，豈知二人一交手，他就敗下陣來。林東的一隻手如鋼筋鐵爪一般箍住了他的手，一點點蠶食他的力量，金河谷抵擋了一陣，潰敗下來，被林東握住的手傳來一陣陣劇痛，疼得他額上直冒冷汗。

「金大少是不是身體不大舒服，那我們就先告辭了，金大少也早些回去休息吧。」林東鬆開金河谷的手，金河谷的表情極不自然。麗莎挽著林東的胳膊，林東開始和相熟的人告別。

見到左永貴和陳美玉二人，左永貴道：「老弟，你讓汪海吃了那麼大的虧，他絕不會善罷甘休的，你要小心吶。」陳美玉也出言提醒林東要小心提防汪海，小心他暗地裏使壞。

林東笑道：「實不相瞞，汪海與我在前些日子便已結仇，他還找來殺手殺我，不過小弟福大命大，毫髮無損。」陳美玉聽到林東被殺手追殺，嚇得捂住了嘴，俏臉滿是擔憂之色。

林東又和傅家琮道別，傅家琮也是叮囑他要小心。出了宴會廳，到達車庫，剛上車，就收到了陳美玉發來的資訊，說她認識保安公司的老總，手底下有不少退役的特種兵，如有需要，可以為他聯繫。

林東沒回，開車出了富宮大酒店。到了江南水鄉，已是夜裏十一點。

「麗莎，你住哪裏，我送你回去吧？」林東怕她路不熟，問道。

麗莎笑了笑：「還有事情沒做完。」推門下了車，便往電梯走去，林東下車追了上來，一時不知她還有什麼未完之事。

第六章 狂野之夜

「你是不是覺得國內的男人做那種事情也不如國外的男人？」

林東將麗莎壓在身下，抵著她的小腹，眼中似乎要噴出火來。

麗莎的氣息漸漸粗重，眼神充滿挑逗，說道：「是啊，你有本事證明嗎？」

語言是多餘的，林東狂吻了下去，二人瘋狂地糾纏在一起。

林東笨拙地親吻麗莎的臉，麗莎則如導師般，引導他解去她身上的全部武裝，

一直到他遊蛇入洞，她才徹底忘掉一切，盡情享受林東帶給她的一陣陣猛烈的衝擊。

「喂，麗莎，很晚了，我送你回去吧？」

麗莎回頭一笑，問道：「告訴我，你家在幾層？」

麗莎走進了電梯，林東也只好跟了進去。

「幾層？」

「頂層。」林東隨即又道：「麗莎，那麼晚了，我孤身一人，你到我家去不大方便吧？」

麗莎似乎沒聽見他說什麼，電梯到了頂層，門開了之後，率先邁步走了出去。林東拿出鑰匙開了門，將屋內的燈打開，麗莎跟了進來。

「林先生，現在在你家裏，你可以脫下衣服了吧？」麗莎將隨身攜帶的小坤包丟在沙發上，在沙發上坐了下來，笑盈盈看著林東。

林東則被她盯得發毛，問道：「非得那麼急嗎？」

麗莎點點頭：「刻不容緩，脫吧。」她已將軟尺拿了出來，正繞著玉指把玩。就這樣在麗莎面前把衣服脫了，他實在做不到。林東一咬牙，跑進了臥室裏，把衣服脫掉之後，穿了個大褲衩走了出來。麗莎看到他健碩的身材，輕輕捂住櫻口，忍不住發出一聲驚呼。

「想不到國內的男生也會有那麼棒的身材！」

林東聽了這話，心中有些不悅，問道：「麗莎，你是不是覺得我們國內處處都不如國外呢？」

麗莎反問道：「難道不是嗎？」

林東一時無語，展開雙臂，冷冷道：「麗莎小姐，你可以進行你的測量了。」

麗莎拿著軟尺，起身走到他的身前，纖細修長的手指從林東寬厚的背脊上撫過，溫軟的手掌不時從他的胸腹劃過，充滿挑逗的意味。林東雖是極力忍耐，但仍忍不住生出綺念。

麗莎工作的時候很認真，每項資料她都至少要測量三次，並且做好每一次的記錄。整整一刻鐘之後，她才將軟尺收回包裹，拍拍手掌笑道：「林先生，結束了，謝謝你的配合。」

這短短的十五分鐘，對林東而言簡直就是煎熬，麗莎剛才靠得極近，林東鼻子裏嗅著她的體香，麗莎的手指又在他身上不停撫摸，直令他血脈噴張。

本以為麗莎會就此離去，哪知她卻貼了上來，一下子便捉住了林東帳篷下的支柱，氣息如蘭，在他耳邊輕聲道：「你身體那麼結實，應該那方面的表現也不差，證明給我看吧。」

林東連吸了幾口涼氣，仍是止不住體內奔湧的情欲，忽然箍住了麗莎的細腰，將她壓倒在沙發上，麗莎從喉嚨深處發出一聲嚶嚀。

「你是不是覺得國內的男人做那種事情也不如國外的男人？」林東將麗莎壓在身下，抵著她的小腹，眼中似乎要噴出火來。

麗莎的氣息漸漸粗重，眼神充滿挑逗，說道：「是啊，你有本事證明嗎？」語言是多餘的，林東狂吻了下去，二人瘋狂地糾纏在一起。林東笨拙地親吻麗莎的臉，而麗莎則如導師一般，一步步引導他解去她身上的全部武裝，一直到他遊蛇入洞，她才徹底忘掉一切，盡情享受林東帶給她的一陣陣猛烈的衝擊。

從沙發到浴室，再從浴室到臥室，戰場輪換，直到麗莎躺在床上嬌軀亂顫，發出一陣陣痙攣。休息了片刻，麗莎睜開眼睛，看到林東靠在床邊，正呆呆地出神。

「怎麼了？」她小聲問道。

林東回過神來，將衣服丟給她，說道：「穿好衣服，我送你回去吧。」情欲發洩之後，心中忽然湧出不可遏制的愧疚感，高倩如此對他，若是讓她知道他跟別的女人發生了這種關係，真不知如何面對高倩。

麗莎不急著穿衣服，依偎在林東的胸膛上，歎息道：「林東。」

林東將麗莎推開，穿好衣服，催促她快點將衣服穿上。麗莎偏偏把他的話當做耳邊風，不僅不穿衣服，而且不時在他面前擺出各種撩人的姿勢。

小腹裏又生出一股熱氣，林東深吸了幾口氣，為了不再繼續剛才那樣的荒唐事，他只好離開了臥室。過了一會兒，麗莎穿戴整齊地出現在了他的面前，見林東一臉愁容的樣子，忍不住發出咯咯的笑聲。

「林先生，咱們這樣很正常，男歡女愛，誰人不愛，是不是？放心吧，我不會糾纏你的，你我之間的關係不會因為今晚的事情而有所改變。」

麗莎出了門，當林東追出去的時候，她已經進了電梯。當他乘電梯到樓下，只能遠遠看到紅色保時捷的尾燈。林東悵然若失地回到屋裏，將沙發、浴室、臥室等與麗莎糾纏過的地方認認真真地打掃了一遍。

做完這一切，已是深夜。林東躺在床上，忍不住想起與麗莎纏綿時刻的每一幕，不知怎地，心底竟有些期待，期待下一次與她的對決。麗莎是老手了，若無她的引導，林東或還體會不到男女之間銷魂蝕骨的滋味。只是這滋味讓人貪戀，偷嘗一次便永生難忘。

林東躺在床上，久久難以入眠。他記下了今天的日子，對別人而言只是普通的一天，對他而言，卻是他揮別二十幾年童子身的重要日子。

林東摸到手機，接通之後就聽到劉大頭的粗大嗓門：「喂，你在家嗎？快給哥們開門啊，我按了半天門鈴了！」

林東扔掉手機，從床上驚坐而起，一看時間，已經十點半了，這才記起今天約了劉大頭三人和楊敏來他家燒烤，穿上拖鞋走到門口開了門，將劉大頭放了進來。

劉大頭見他睡眼惺忪的樣子，問道：「你熬通宵了？」

林東點點頭：「是啊，看了一宿的球。」

劉大頭是資深球迷，昨晚根本沒有球賽，他記得清清楚楚，追問道：「你看的什麼比賽？我怎麼不知道昨晚還有比賽。」

「記不得了。」林東搪塞了一句，揮揮手進了洗漱間，等他洗漱完畢，紀建明和崔廣才也先後到了。

「林東，燒烤的材料你準備好了沒有，擱哪兒了？」紀建明拉開冰箱，除了幾個雞蛋，裏面啥也沒有。

林東一拍腦袋：「唉呀，最近怎麼老忘記事情呢。好在只缺食材，燒烤的架子和木炭我都備好了。」

正說著，楊敏到了。小妮子今天穿了一條碎花小裙子，腳上穿著平底的繡花鞋，模樣像個學生，清純可愛。

高倩說好也要來的，已經過了約好的時間，林東便打了電話過去問。

高倩正在路上開車：「小夏突然找我有事，我去不了你那了。不說了，我專心開車了。」

掛了電話，林東點了點紀建明和崔廣才二人，說道：「你倆跟我去買食材，大頭和小楊在家裏等我們回來。」

劉大頭將三人送到門外，林東拍拍他的肩膀，笑道：「兄弟，哥們能做的事情也就這些了，下面就得靠你自個兒了。相信自己，別害怕！」

劉大頭一臉感激，直點頭，看林東三人進了電梯，他這才走回屋裏。

劉大頭和楊敏坐在客廳的沙發上，有一句沒一句地聊著天。劉大頭搭訕了半天，也就是問清楚了楊敏的老家和畢業於哪所大學。他本不善於和女生交流，尤其是面對自己喜歡的女生，就更加不知道該怎麼溝通了，急得滿頭是汗。

楊敏見狀，問道：「大頭哥，你是不是很熱，那我把空調開低點吧。」

劉大頭重複了兩遍「是啊」，又沒話可說了。

楊敏背著手在林東的房子裏轉了一圈，連連感歎：「哎，單身男人太可怕了，瞧這屋裏亂的。大頭哥，你坐著，反正左右無事，我就幫林總收拾收拾。」

劉大頭仍是木訥地點了點頭，看著楊敏忙碌的身影在眼前走來走去，又不知道該怎麼做是好，他有幾次都想拉住楊敏的胳膊，告訴她自己喜歡她，可那份衝動總如煙花一般很快消逝。

楊敏收拾好了客廳，開始收拾林東的臥室，卻在整理床鋪的時候在床單下面發現了一條性感的蕾絲內褲，芳心亂跳，俏臉通紅，心中暗道：「是不是我太小女孩了，所以他才不喜歡我？」

楊敏輕咬貝齒，做出了一個轉型的決定。

她將那條內褲放在林東的枕頭下，安靜地收拾好房間，關上房門，走了出去。

十一點四十分，林東三人提著一大袋燒烤用的食材回到家裏，走到客廳，便發現劉大頭和楊敏無語地坐在沙發上，像是兩個互不相識在車站候車的旅客。

楊敏見林東回來，上去動手幫忙。林東將劉大頭叫到一邊，不用問，就知道這傢伙沒能把握住機會。

「林東，我、我不知道說什麼好。好兄弟，求你了，你找個機會幫我問問楊敏到底對我什麼感覺？」劉大頭哀求道。

林東戴著墨鏡，站在鐵架槽子旁邊，槽子裏炭火燒得正旺。他雙手各持一把羊肉串，正在炭火上迅速翻烤，不時撒上一把孜然和鹽巴，不一會兒，肉香便四溢開來，勾起了劉大頭三人肚子裏的饞蟲。

楊敏站在林東身旁，給他打下手。

「大頭，過來，羊肉烤好了，能吃了。」林東叫了一聲，劉大頭跑了過來，將烤熟的羊肉串拿了過去，三人坐在那裏，一口啤酒一口烤肉，無比滋潤。

「小楊，你也過去吃吧，這裏有我足夠了。」

楊敏忽然間俏臉通紅，一直紅到耳根，點點頭走開了。瞧楊敏的神態，林東心頭忽然掠過一絲不祥的預感，心道這丫頭不會看上了自己吧？心中只盼著這預感是錯誤的，若真是那樣，他可沒法跟劉大頭交代。

「林東，過來吃吧，別烤了，吃不了了。」

紀建明將林東叫了過來，開了一瓶冰啤酒，遞到他手裏。

「林東，你這燒烤手藝哪兒學的？不錯嘛。」崔廣才嘴裏啃著雞翅，笑問道。

楊敏隨即附和道：「是啊，林總真的很厲害，外焦裏嫩，是我吃過最好吃的燒烤。」

林東經不住誇，得意地笑了笑：「小時候在河裏摸魚，摸到了就在河邊的草地上把魚烤了吃了，我想應該是那時候鍛煉出來的手藝。嘿，小楊，非工作時間別叫我林總，叫我林東哥吧。」

「那你也不要叫我小楊，叫我楊敏好了。」

秋天的穹頂極高極遠，碧藍如洗，烈日下，秋風中，五人邊吃邊聊，不覺時間飛快。等到啤酒喝光，烤肉吃完，已是下午三點多鐘。五人一起動手，將帶上來的東西弄回了林東的屋子裏。

林東在廚房裏洗刷盤子，過了一會兒，楊敏走了進來。

「林東哥，我來幫你一起刷吧。」楊敏笑嘻嘻地走進廚房，二話不說便拿起一隻盤子洗了起來。

林東笑問道：「楊敏，幹嘛不在外面和大頭一起看電視？這裏的事情有我就足夠了。」

楊敏紅著臉道：「林東哥，他們在看動物世界，我看不下去了。」

林東豎起耳朵一聽，只聽電視裏解說員以充滿磁性的嗓音說道：「在遼闊的非洲大草原，一隻雄性成年獅子正在追逐一隻雌性獅子，這個季節，草原上雨水豐沛，正是獅群繁衍後代的好時候……」

林東搖頭笑了笑，知道楊敏為什麼不願待在那裏看電視了。

「楊敏，你對你大頭哥印象怎麼樣？」林東忽然問道，楊敏手上的動作一頓。

「大頭哥人挺好的，隨和，知識又很淵博。」楊敏如此答道。

林東追問道：「你有男朋友嗎？如果沒有，你覺得大頭怎麼樣？」

楊敏俏臉通紅，低著頭，小手攥得緊緊的，過了一會兒，忽然抬起頭，像是鼓足了勇氣似的，美目通紅，臉上還掛著淚珠，幽怨地看著林東，低聲道：「林東哥，我喜歡的是你。你說什麼我都聽你的，即便你要我接受大頭哥，只要你一句話，我就會答應和他在一起。只是請你記住，我喜歡的永遠是你。我知道你有別的女人，我不會介意的。」

聽了楊敏這番表白，林東驚得差點把手中的盤子摔在了地上，低聲道：「小楊，你胡說什麼，我哪裏有很多女人？」

楊敏此刻忽然倔強起來：「還說沒有，林東哥，你不要否認了，我在你床上都……都翻到女人的內褲了！」

楊敏豁了出去，忽然抱住林東，俏臉貼在林東懷裏，像是受了極大的委屈，林東可以感受到她的抽泣。

林東動也不敢動，過了好一會兒，感到楊敏的情緒平靜了下來，他才小心翼翼地將楊敏推開，哪知這小妮子卻將他抱得更緊了。

「楊敏，你別這樣，先把我放開，咱們有話好好說。」林東急得滿頭是汗，生怕外面的三人進來碰見，只是楊敏這樣他也無計可施，若是強行將她推開，只怕一出聲便會驚動了外面的人，到時他更無法自圓其說。

楊敏平時是一個文靜溫柔的女孩，沒想到犯起倔勁來那麼可怕。林東算是領教到女人的厲害了，饒是他平時智計百出，此刻也想不到一個解決燃眉之急的法子。

「楊敏，你放開我好嗎？讓我好好想想，我現在腦子亂得很，你把我放開吧！我想我們真的是不可能的，你也知道，大頭是喜歡你的，而他，是我的好兄弟。」

楊敏聞言，放開了林東，一臉喜色，忙問道：「這麼說，你是喜歡我的了，是嗎？你不敢跟我在一起只是為了顧及大頭哥的感受，是不是？」

林東為了穩住楊敏的情緒，一時不敢把話說絕：「楊敏啊，我現在心裏亂得很，我也不是很清楚自己的感受，你讓我考慮考慮好嗎？想清楚我會告訴你的。」

楊敏「嗯」了一聲，踮起腳尖在林東臉上親了一下，開心地跑了出去。林東則繼續洗碗，心裏暗自苦笑，這是辦的什麼事，搬起石頭砸自己的腳，本想給大頭搭橋牽線的，沒想到把自個兒搭進去了。

「大頭啊，這可不是哥們招惹她的呀，是這丫頭自己撲過來的，我推都推不開啊。」林東在心裏說道，希望劉大頭可以聽到他的心聲。

當他將碗洗完，又將原本乾淨的碗碟全部洗了一遍，腦子裏左思右想，仍是找不到對付楊敏的好法子，無奈之下，只好先走出廚房，心想把他們送走之後，才有時間慢慢思考解決這個麻煩的法子。

「不早了啊，我就不留各位吃晚飯了，早點回家吧。」林東走進客廳，笑道。

劉大頭幾人和他打了個招呼，紛紛離開了他家。好在楊敏也沒有纏他，跟著劉大頭三人一起走了，這暫時讓他鬆了口氣。哪知他剛喝了口水，就接到劉大頭打來的電話。

「喂，林東，你和楊敏在廚房單獨待了那麼久，有沒有幫我問問她對我什麼感覺？」劉大頭剛和紀建明等人分開，一秒鐘都沒耽擱，就打來了電話詢問。

林東不忍將真相告訴他，便說道：「大頭，楊敏覺得你挺好的，隨和，知識淵博。她也沒多說，我也不好問得太直白，你說是吧？」

劉大頭從未談過戀愛，聽了林東這話，以為楊敏對他有點意思，頓時心裏樂開了花，一個勁地感謝林東，掛了電話，只覺渾身輕飄飄的，腳步也輕快了許多。

被劉大頭和楊敏一折騰，林東覺得有些疲憊，進了臥室，倒在床上，忽然想起楊敏說在他床上找到了女人的內褲，一翻身，在枕頭底下找到了內褲。這條內褲他是絕對忘不了的，正是他昨晚親手脫下的，只是不知麗莎為何將內褲丟在這裏，難道是忘了穿？

「忘了戴手錶倒是有可能，哪有忘了穿這東西的。」林東覺得方才的猜測真是可笑，手裏拿著內褲，給麗莎撥了個電話過去，電話接通後，那頭便傳來麗莎慵懶的聲音。

「喂，那麼快就想我了麼？今天不行，昨晚人家被你弄得精疲力盡，到現在還沒緩過來。」

林東道：「麗莎，我問你，你是不是丟了什麼東西在我這裏？」

麗莎坐起身子，嬌軀倚靠在床上，笑道：「不是丟，是我有意送給你的，畢竟是你第一次，總得留點東西給你作紀念，好叫你忘不了我，你就放心收著吧，好了，沒事我就掛了。」

麗莎雖在國內生活過十幾年，卻是在國外長大，性格較國內的女孩開放許多，但她卻不是個隨便的女人。只有遇到真心喜歡的男人，她才會心甘情願獻出自己最寶貴的身體。掛了林東的電話，她清醒了許多，坐在床上獨自出神，不知為何，林東的影子總是在她心裏閃現，揮之不去。

努力再三，她也無法將林東的身影從心裏趕走，她不得不承認，這次不是玩玩那麼簡單。

「真是個討厭的傢伙！」麗莎哼了一聲，便倒頭繼續睡覺。

正當林東不知如何處理麗莎留下的「紀念品」時，高倩打來了電話。

「喂，東，他們還在嗎？」高倩問道。

「哦，剛走不久，你還在小夏那裏嗎？」

「沒有，早從她家出來了，我已經到你樓下了，馬上進電梯了，你準備好開門接駕吧。」

掛了電話，林東看著手裏捏著的紀念品，這簡直就是顆定時炸彈，若是讓高倩發現，那還不得鬧翻了天，心想必須得找個地方藏好，時間緊迫，來不及多想，慌忙將麗莎留給他的紀念品塞進了衣櫥裏掛著的一件西裝的口袋裏。

「一波未平一波又起，終於到了要為女人頭痛的時候了！」

周旋於三女之間，林東已覺應付吃力，想不出更好的法子，只能走一步算一步。

「汪總，倪俊才先生到了。」

汪海面前桌上的電話裏傳來女秘書的甜美聲音，他微閉的雙目忽然間睜開，目中閃過一抹寒光，沉聲道：「快請倪先生進來！」

女秘書領著一個禿頂乾瘦的中年男人走了進來，汪海起身相迎。

「倪老弟，許久未見，想死老哥了。」

倪俊才握住汪海的肥手，笑道：「老弟何嘗又不是呢。只是汪老哥是做大生意的人，只怕沒時間搭理咱，所以也不敢貿然登門叨擾。」

倪俊才是溪州市一家私募公司的老總，這幾年行情不好，他那間公司虧損嚴重，已是風雨飄搖，朝不保夕。倪俊才不得不拉下老臉，四處活動，靠四處拆借來維持慘澹的經營。

像汪海這樣的富商，一直是私募打破頭都要爭取的優質客戶。倪俊才之前也在不同的場合與汪海打過交道，有幾次遊說汪海投資，卻被他罵得狗血淋頭。吃了幾次癟之後，再見到汪海，倪俊才便會繞道走，而今天早上，他卻接到了汪海秘書的電話，說汪海有事與他商議，頓時心裏便打了個突突，不知一向飛揚跋扈的汪海今日主動找他所為何事。

二人寒暄了一會兒，說了些場面上的客套話。

「倪老弟，我聽說你的公司最近情況不大好啊？」汪海意味深長地看著倪俊才那張枯黃的臉，長時間的重壓已快將這個不到四十歲的男人壓垮，滿臉似溝壑縱橫的皺紋和寸草不生的頭頂，讓倪俊才看上去要比實際年齡老很多。

倪俊才摘下眼鏡，揉了揉酸脹的眼睛，昨夜又是一夜無眠，今年以來，他幾乎夜夜失眠，身體也因而比以前差了許多，就連夫妻之間的那點事情，他也沒了興趣，時常惹來老婆的抱怨。

「是啊，缺乏資金。現在算是勉強維持吧，不知道還能支撐多久。」倪俊才是個明白人，汪海既然找他來，之前必然已將他的底細調查清楚。只是他還摸不清汪海的底牌，不知這孫子怎麼突然找他，心裏冒出一個可笑的想法，難不成是突發善心打算接濟自己？

汪海一拍大腿，說道：「老弟，如今的行情處於歷史最低位了，老哥很看好，打算投點錢玩玩，不過對於股市，我本身並不懂，所以得找一位像你這樣的行家幫忙，不知老弟願不願意？」

倪俊才愕然，嗓子一澀，幾手不敢相信自己所聽到的，問道：「汪老闆，我沒聽錯吧？您是要注資嗎？」

「是投資，那個股神不是說過，別人恐懼我貪婪麼，我就是要在別人害怕時殺進去！」

聽了汪海這話，倪俊才一摸腦袋，一把汗。他們做私募的是要通過坐莊來控制股價，豈是等行情來了再賺錢，他心想汪海這孫子不懂裝懂，真他娘的無知！

倪俊才知道汪海必有其他的目的，便直言道：「汪老闆，只要能盤活我的公司，你要我做什麼，就直說吧。」

「痛快！」汪海一拍大腿，笑道：「老弟，我也不跟你兜圈子了，金鼎投資你聽說過沒有？要多少錢我來出，我只要你搞垮他們！」

「金鼎投資？」倪俊才在腦子裏搜索了半天也沒想到有這麼個投資公司，說道：「汪老闆，我還真沒聽說過有那麼家私募公司。」

汪海又說道：「溫欣瑤這個名字你不陌生吧？」

倪俊才點點頭，笑道：「當然不陌生了，號稱江省金融界第一美女，小弟有幸見過她幾次面。」

「她就是金鼎投資公司的老闆，由一個叫林東的負責操盤。我給你錢，你幫我打垮他們，有把握嗎？」汪海是個商人，不會做拿錢打水漂的事情，此刻正瞇著眼睛，嘴裏不時吐出一口煙霧，不緊不慢地盯著倪俊才。

倪俊才略一沉吟，汪海給他點了根煙。

「汪老闆，林東這個名字我沒聽過，據我所知，溫欣瑤是不久之前才從元和跳槽的，據此推斷，金鼎投資應該是成立不久。只要資金充足，擊垮他們應該不難。不過……」倪俊才停了下來，沒繼續往下說。

汪海催促道：「不過什麼？但說無妨！」

「我們要擊垮他們，就必須要介入他們做的股票，兩莊相遇，最好的辦法是坐下來談判，進行合作，互相掩護，有序進退，這樣才是生財之道。如果咱們的目的是擊垮他們，那麼當然不可能與其合作。那樣的話，很可能兩敗俱傷。擊垮他們，咱們也不會撈到什麼好處啊。」

倪俊才做私募是為了賺錢，而他卻不知汪海之所以投資給他，只是為了洩恨。

汪海聽明白了他的意思，吐了個煙圈，心中思忖，到底這樣做划不划得來，但一想到林東那張臉，以及他所受的屈辱，便火從心生，不顧一切地想要林東跪在面前求饒。

「沒事！老弟，你放手去幹，不惜代價，不計成本，要多少錢我給，老子有的是錢！只要你摧毀金鼎投資，我要他們過來求饒！」汪海碾滅了煙蒂，兩眼似乎要噴出火來。倪俊才不知他到底跟金鼎投資有何恩怨，竟然如此喪心病狂。

「典型的錢多人傻。」倪俊才在心中冷笑，點頭哈腰地退出了汪海的辦公室，他要將這個超級富豪注資的好消息帶給手底下的員工，然後再仔細研究摧毀金鼎投資的策略。

高倩拿著一份報紙走進了林東的家裏，一見面就冷冷朝他一笑，責問道：「林東，老實交代，最近有沒有做什麼對不起我的事情？」

林東的心咯噔一跳，心想難道她知道了，這也太快了吧？

高倩將帶來的報紙丟到他懷裏，像是生了氣，冷冷地道：「你好好看看吧，都上報了。」林東翻開一看，《蘇城早報》的娛樂版面竟然登了他一張五寸的照片，照片上麗莎挽著他的胳膊，二人表情親昵，還配上了「不明闊少攜火辣混血名模參加慈善拍賣」這樣的標題。

林東心中鬆了口氣，放下報紙，扶住高倩的肩頭，說道：「倩，你不會吃醋了吧？那是溫總專門為我請的形象顧問，那天是溫總要我帶她一起去慈善拍賣會的，你若不信，可以問問溫總啊。」

高倩嘟起小嘴，問道：「那你為什麼讓她靠在懷裏？」

林東拿起報紙，笑道：「若不那樣，我能上報紙麼？這就是溫總要的效果，她要擴大我的知名度和影響力。對了，最近可能還會上電視哦，到時候你一定要守在電視機前。」

高倩漸漸消了氣，明白這是工作需要，反過來鼓勵林東，讓他不要有所顧忌，一定要好好表現。

「你看你笑得多不自然，真應該跟你的形象顧問好好學學，你瞧瞧她，多有明星樣！」

星期一早上，林東一早到了公司，剛打算處理公務，便見楊敏走進了他的辦公室。

「林總，清晨一杯水，記得一定要喝哦！」楊敏將杯子放在林東面前，退出了辦公室。林東覺得有些奇怪，楊敏像是換了個人似的，原本素面朝天的她竟然化了個淡妝，不過卻顯得更加漂亮了，最讓他驚訝的是楊敏今天的衣著，白色的緊身襯衫搭配性感的黑色小短裙，這與他印象中的楊敏完全不一樣。

「這丫頭是怎麼了？」林東搖搖頭，卻不知楊敏所有的改變都是為了討他的歡心。

忙完公務，林東依例去資產運作部的辦公室巡視了一遍，如今資產運作部人手充足，已無需他親自去下單，他要做的就是做好決策。劉大頭見他進來，拉他出去，「林總，咱出去抽根煙。」

劉大頭給林東點了根煙，問道：「林東，你發現沒有？楊敏今天有什麼不同？」

林東故意反問道：「沒發現。怎麼啦，有什麼不一樣嗎？」

劉大頭面露喜色，壓抑住心中的喜悅，低聲道：「很不一樣。所謂女為悅己者容，你說她打扮得那麼漂亮，是不是為了我？」

林東深深吸了一口煙，劉大頭的話倒是提點了他，楊敏之所以變成這樣，那可都是為了他啊！不過他心裏清楚地知道，即便劉大頭不喜歡楊敏，他也不會跟她發生什麼，一直以來，他都將楊敏當小妹妹看待。

「大頭，我又不是情聖，你事事問我，我問誰去？感情這事情，得靠自己把握，明白了嗎？」

劉大頭一臉苦相：「可我不知道該怎麼把握啊？」

「榆木腦袋！你不會主動約人家，難道還等著女孩主動跟你表白？你當你是人民幣還是劉德華，人人都愛啊！」

劉大頭忽然站了起來，深呼一口氣：「明白了！林東，今晚不加班了，我現在就去約她。哦，對了，你說是約吃飯還是看電影呢？」

林東簡直無語，這兄弟的情商實在跟他的智商不匹配。

「你就不會吃飯看電影一條龍啊！」林東破口大罵，劉大頭恍然有所悟，摸著腦袋走了出去。

第七章 暗戀夢醒

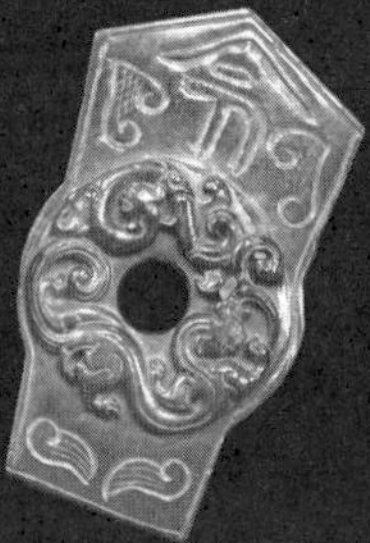

「我只是想與你多一些接觸的機會，你竟狠心連這點機會也要掐斷麼？」

楊敏睜著微紅的雙目，緊緊盯著林東的眼睛。

「這是在公司！你是公司的骨幹，應該知道上班時間應該做什麼和不應該做什麼。」

關鍵時刻，林東只好端起上司的架子，恩威並施。

楊敏見他發了脾氣，俏臉上掠過一絲慌張，說了聲「對不起」，像是受了驚嚇的小獸，匆忙逃離了林東的辦公室。

「今天有多少進項？」

副總經理的辦公室內，紀建明坐在林東的對面，向他彙報今日的各項資料。

「林總，咱們金鼎一號的淨值今天增長了百分之四點七，還可以吧，比起前幾天差了些。」

若是別的基金公司旗下的某支基金能在一天之內淨值增長超過百分之四，那絕對是一個值得歡慶的數字，而在金鼎投資這個動輒日增百分之六七的公司，這個資料卻看起來並不令人滿意。

林東皺了皺眉頭，問道：「老紀，怎麼突然差了那麼多，找出原因了麼？」

紀建明答道：「原因很簡單，就是我們太小心謹慎了。」

林東明白他的意思，分散投資是自己提出來的，目前也正是這麼運作的。不過有利也有弊，在降低風險的同時，也降低了收益。有時候明明知道哪幾支股票將要大漲，卻因為投入的錢少而拉低了收益。

林東扔了一支煙給對面的紀建明，他自己點燃了香煙，吸了一口，正在思考是不是應該改變策略。

這時，紀建明合上了報表，試探地問道：「林總，有句話我不知該說不該說？」

二人私下裏雖是極好的兄弟，但在公司卻是上司和下屬的關係，兼之林東在決策上表現出的霸道，有些話紀建明也不敢直言。

林東笑道：「現在已經下班了，叫我林東。說吧！老紀，近來我發現你們給我提的意見是越來越少了，難道我真的事事都處理得完美嗎？顯然不可能，所以，我也很想聽聽你們的建議。集思廣益，博採眾長嘛！」

紀建明吸了一口煙，說道：「我覺得咱們的操作手法太保守了。如今我們可調用的資金多了，部門可調用的人手也多了，是時候採取激進點的手法，以圖更高的收益。」

林東從紀建明的眼中看到了狂熱，說道：「你的意思是坐莊？」

紀建明微微一笑，鄭重地點了點頭。這不是他一人的想法，崔廣才也提過，就連一向穩重的劉大頭也覺得是時候改變策略了。

林東略一沉吟：「固步自封就是等死，我同意你們的提議，等明天和溫總商量過後，聽聽她的意見，若她同意，咱們便立刻擬定策略。嘿，到時候咱哥幾個又要忙了。」

紀建明笑道：「林東，說實話，我還真懷念那段日子，每天工作到深夜，雖然累，但是心裏踏實。」

「好了，你趕緊下班吧，我把手上的公務處理完也就走了。」

林東又忙了半個鐘頭，拿起手機準備下班，剛握到手裏，便感覺手機震動了一下，解鎖一看，是楊敏發來的信息。

「我和大頭哥約會去了，我這樣做你會開心嗎？」

林東搖頭苦笑，刪除了這條資訊，這小妮子還跟他玩起自虐來了，不能再拖下去了，必須找個機會和楊敏說清楚。

剛出建金大廈，一輛紅色的保時捷跑車忽然朝他衝了過來，擋住了他的去路。

麗莎放下車窗，探出俏臉道：「林先生請上車吧。我要開始我的工作了。」

林東停住腳步，心中略微猶豫了一下，上了車，問道：「麗莎，你現在要帶我去哪裏？」

麗莎微笑不語，一路無話，一直將車開進了蘇城最高檔的商場的地下車庫。林東來過這裏兩次，都是陪高倩來買衣服的，深知這裏的東西都是國際大牌，價格讓他看了都要倒吸幾口涼氣的。

「你要買衣服嗎？」下了車，林東問道。

麗莎搖頭，「NO！是你要買衣服！你身上這些衣服太不上檔次，該換換了。」

林東說道：「麗莎，你不是說要為我量身定做的嘛，怎麼還要來買？」

麗莎邊走邊說：「我已將你身體的各項資料都傳到了英國，需要過一段時間才能將衣服做好。這段時間，難道你就要穿身上的這種貨色見人嗎？」

林東看了看他的衣服，自言自語道：「我這衣服怎麼了，一套也要上千呢。」

「嘀咕什麼呢？快走吧，反正又不要你掏錢，溫總給了我一張卡，你有一百萬的形象經費！」

「什麼？一百萬？」林東嚇得叫出聲來，不可思議地看著麗莎，麗莎則微微一笑，似乎預料到他會這樣。

「別老一驚一乍的！你是不知道，許多明星都是有衣庫的，一個專門用來裝衣服用的倉庫！」

林東自嘲道：「麗莎，你說我是不是該改行進軍娛樂圈？」

「好了！」林東拍拍手，後車箱被大包小包塞得滿滿的，他好不容易才將後車箱關上。麗莎今晚帶著他血拼，花了十幾萬買了十來套秋季穿的衣服，除此之外，還給他買了一整套的護膚品。

剛坐上車，麗莎便問道：「林先生，你記清楚那些護膚品的使用方法了麼？」

剛才在商場的時候，麗莎知道他根本沒用過什麼護膚品，便讓導購小姐示範一遍，讓林東仔細觀察，不過她仍是不放心。

林東如實說道：「已經忘了一大半了。麗莎，不就是洗個臉麼，洗乾淨就行了，為什麼還要抹這樣抹那樣？唉，工序太複雜，我記不住。」

麗莎發動了車，駛離了商場，開到半路，林東發現不對勁了，問道：「咱現在是去哪兒？」

「去我家！你這個笨蛋，那麼簡單的步驟都記不住，還得我親自教你一遍！」

林東坐在麗莎旁邊，被她罵作笨蛋，傻呵呵地笑了笑，心裏沒有半分不悅。

車子駛進了一片別墅區，林東問道：「麗莎，你的房子是溫總安排的麼？」

麗莎答道：「不是，這是我家以前的房子，沒移民到英國前，我們家就住這裏。這麼多年雖然很少回來，不過一直請了人打掃。回國後，我就住在這裏。」

麗莎將車子停進了車庫，和林東一起進了她家的正廳。

一進室內，濃郁的藝術氣息便如潮水般襲來，林東環目四顧，讚歎道：「麗莎，進了你家，我感覺就像是進了藝術展覽館，我還從來沒見過這種風格的裝修，太美了！」

「有興趣麼？我帶你參觀一圈？」

林東點點頭，跟在麗莎身後，聽她講解每一個藝術品的由來及其背後的故事，這才發現，在麗莎美麗的外表下，居然還有那麼深的藝術造詣。

「我爸爸這一生鍾愛藝術，我從小耳濡目染，受他薰陶的。不過你見了他，可千萬別跟他探討藝術，他會拉著你聊個沒完。呵呵，玩藝術的都是瘋子，正常人受不了的。」

麗莎引著林東上了樓，進了她的閨房。

「隨便坐吧，我換件衣服。」二人已經有過肌膚之親，麗莎也不避他，當著林東的面將衣服脫了下來，那誘人的完美胴體毫無掩藏地展露在他的面前，林東只覺嗓子發乾，小腹中升起了一團火，瞬間便令他的血液沸騰起來。

麗莎換上居家服，白了他一眼，嗔道：「色鬼，還沒看夠麼？該做正事了！」

林東收回心神，站了起來：「好吧，你教我怎麼用那些瓶瓶罐罐吧。」

麗莎走上前來，忽然勾住林東的脖子，目光迷離地看著他，以充滿媚惑的聲音說道：「林先生，現在已經是我的下班時間了，我這樣無償為你加班，你該如何答謝我？」

麗莎仰著臉，暖暖的氣息吹在林東的下巴上，幽幽的女兒香沁入了他的鼻中，令他的氣息逐漸沉重起來：「麗莎，你放開我好麼？我受不了的。」

麗莎鬆開林東的脖頸，往後退了一步，玉指勾住裙帶，忽然將肩上的裙帶往兩邊一拉，柔順的睡裙便從她的嬌軀上滑落下來，完美無瑕的肉體毫無保留地呈現在他的面前。

「何須忍耐？親愛的，做你想做的事情不好麼？」麗莎的美目中流露出一種渴望，熱烈而迫切。

林東緊握的雙拳忽然鬆開了，欲望在他體內奔騰，終於衝破了重重阻礙。他向前跨出一步，將麗莎橫抱而起，粗暴地將她扔在了柔軟的大床上，惡狼般撲了上去。

……

當林東第三次在麗莎的體內爆發之時，麗莎累得連叫喚的力氣都沒了，秀髮遮在臉上，頭歪在一邊，嬌軀止不住的痙攣，隔了好久，從她嘴裏發出「啊」的一聲嚶嚀，緩緩睜開雙目，玉臂抱住身旁男人的腰腹。

「壞人，我好像離不開你了……」

這是一個徹底放縱的夜晚！

林東撫摸著麗莎光滑的美背，「麗莎，咱們再來一次吧。」

麗莎舉起粉拳朝他胸口垂落下去，「壞人，都做了三次了，還不滿足，求你別再折騰我了，我不成了。」

「那你趕緊教我怎麼用那些瓶瓶罐罐啊，都夜裏三點了，我還要回去呢。」

麗莎疲憊至極，只想好好睡上一覺，「不教了，你自己照著說明書用吧。」語罷，便沉沉睡了過去。

林東躺了一會兒，睡意上湧，也睡了過去。

清晨五點，天明時分，林東睜開眼睛，歪頭一看，麗莎全身赤裸地躺在他旁邊昏睡。他坐了起來，穿好了衣服，將毛巾被蓋在了麗莎的身上。

「麗莎，我走了。」

林東說了一句，也不知麗莎聽未聽見，拎起大包小包，躡手躡腳地出了她的閨房。出了別墅，林東深深呼吸了一口氣，秋天清晨的空氣帶著寒氣，撲在臉上，立時令人清醒許多。

出了這片別墅區，正好過來一輛計程車，林東招手攔住了車，上車之後，將目的地告訴了司機。清晨路上車少，司機開得極快，不到二十分鐘，便將他送到了家門口。

回到家中，林東倒頭就睡，一直睡到八點，起來洗了個澡，換了套乾淨的衣服就去了公司。雖然昨晚那放縱的一夜消耗了他很多體力，又沒怎麼睡好，不過他看上去仍是精神奕奕，絲毫不見疲態。

剛進辦公室坐下，楊敏隨後就進來了，順手將辦公室的門掩上了。她今日穿了一條藍色的小窄裙，纖細修長的玉腿大部分露在外面，走動時更是春光無限。她伸手要拿林東的茶杯，卻被林東擋住了。

「小楊，你又不是我的秘書，給我倒茶不是你的工作，以後這些事情我自己來吧，別耽誤了你的本職工作。」林東婉言道。

楊敏站在他的面前，眼圈倏地紅了，泫然欲泣的模樣楚楚可憐。林東本想今日向她坦白心跡，告訴她對她並無感覺，只是將她當妹妹般看待，可話到嘴邊，看到楊敏如此模樣，又生生咽了下去。

「我只是想與你多一些接觸的機會，你竟狠心連這點機會也要掐斷麼？」楊敏睜著微紅的雙目，緊緊盯著林東的眼睛。

「這是在公司！你是公司的骨幹，應該知道上班時間應該做什麼和不應該做什麼。小楊，教育的話我不多說，希望你以工作為重。」關鍵時刻，林東只好端起上司的架子，恩威並施。楊敏見他發了脾氣，俏臉上掠過一絲慌張，說了聲「對不起」，像是受了驚嚇的小獸，匆忙逃離了林東的辦公室。

過了一會兒，林東平靜了心緒，起身去了溫欣瑤的辦公室。

「溫總，有事跟你商議。」

溫欣瑤請林東坐下，問道：「說吧，什麼事？」

「我想轉變策略，化被動為主動，以爭取更高的收益。不知溫總你是什麼看法？」林東說出了他的想法。

溫欣瑤笑道：「操作上的事情你全權負責，我只提一點要求，要賺得狠，也要賺得穩，其他你自己做主吧。」

林東點點頭：「那好，我和大頭他們仔細研究一下策略。」起身欲走，卻被溫欣瑤叫住了。

「車子已經到了，下班後和我一起去碼頭提貨。」

林東心中狂喜，壓抑不住心中的喜悅，溢於言表：「好的，溫總，我都迫不及待想要下班了。」

溫欣瑤朝他一笑。

回到自己的辦公室，剛坐下，劉大頭就進來了。

「正好，我正想去找你們幾個呢。你們的提議溫總批了，接下來有得忙了。」

劉大頭情緒低落，垂著頭，坐在林東對面，好久才抬起頭，竟滿眼都是血絲。

「林東，我失戀了……」

林東雖覺得可笑，劉大頭從未戀愛，何來的失戀，不過仍是心中一緊，忙問道：「是不是楊敏跟你說什麼了？」

劉大頭點點頭：「昨晚吃完飯，我買了電影票，本以為她會和我一起去看電影的，可到了影院門口，她停了下來，告訴我一直都把我看作哥哥，希望能與我維繫好這份兄妹之情，保留彼此間的美好印象。」

林東心裏鬆了一口氣，幸好楊敏沒把喜歡他的話說給劉大頭聽，否則就算與他無關，他也會覺得對不起這位好哥兒們。仔細一想，又覺得楊敏這丫頭雖然難纏，不過卻有勇氣直言愛憎，可他幾次想開口拒絕她，卻總是狠不下心。

「大頭，我的好兄弟，寬慰的話我不多說了，感情是兩個人的事，我不方便干預。你振作點，像個男人，本來打算今天和你們商討新戰略的，不過，看你這狀態……算了，明天吧，今天放你一天假，回去好好睡一覺。一覺醒來，把不愉快的都忘了吧。」

劉大頭臨走之前問道：「林東，你說我還能遇見像楊敏這樣的好女孩麼？」

「會的，你一定會遇到更好的，相信我！」林東寬慰了劉大頭幾句，目送他出去，開始忙手頭上的事情。他點了一根煙，漸漸陷入了沉思，將公司的現狀在頭腦中過了一遍，明白目前不缺資金，但如果想坐莊，最關鍵的是要選對股票。

爆炒垃圾股，林東目前還不想去冒那個風險。他有意去做的股票是那種有業績支撐，股價卻仍在低位的股票，當然盤子不能太大。比如現在的銀行股，業績增長情況都很不錯，可已有數家跌破淨值，這種股票他也不會碰。

要從三千來支股票中選出一支中意的，還真不是一件簡單的事情。一根煙吸完，盯著滿螢幕的紅紅綠綠，林東只覺腦袋發暈，將那些他絕不會去碰的股票剔除在外，還剩下近五百支的股票。

他要做的便是從這近五百支股票中篩選出一支！林東又點燃了一支煙，凝神靜氣，開始一一篩選，等到下班前，煙灰缸塞滿了煙頭，他也已從那近五百支股票中篩選了十八支出來，金鼎投資第一次要坐莊的那支股票將在這十八支股票中產生！

拿起辦公桌上的電話，給紀建明撥了過去。

「喂，老紀，到我辦公室來一趟。」

擱下電話沒多久，紀建明就敲門走進了林東的辦公室。

「林總，啥事找我？」紀建明大大咧咧在林東對面坐了下來，從他桌上的煙盒中抽了根煙，點燃吸了起來。

林東將一張寫滿股票名稱和代碼的白紙推到紀建明面前，說道：「你們情報收集科有事情做了，我要這十八支股票的詳細資訊：上市時間、股本構成、大股東名單、財務資訊等等，越詳細越好！除了公司本身，近三年股價的走勢和資金的介入情況，我也要。明白了嗎？」

紀建明點點頭，笑道：「放心吧，我現在就去做，今晚加班加點，一定儘快弄出來，包你滿意。嘿！這種開戰前的緊張氣氛真好，我喜歡！」

林東問道：「你拚命不代表你手下的人也願意拚命，怎麼樣，配給你的八名同事還滿意嗎？」

「非常滿意！不是我說，咱們公司最厲害的部門就是我的情報收集科，藏龍臥虎，連駭客都有！」

由於情報收集科工作的特殊性，溫欣瑤特意高薪聘請了一位電腦駭客，以備不時之需。

到了下班時間，林東收拾好東西，走進了溫欣瑤的辦公室，他心裏惦記著新車，恨不得立馬飛奔到碼頭。溫欣瑤見他進來，提著包與他一同出了公司。二人驅車前往碼頭，正是下班高峰期，路上車堵得厲害，花了一個鐘頭才將車開出市區，到了碼頭，已將近七點。

溫欣瑤泊好了車，站在原地打了個電話，過了一會兒，便有個中年壯漢笑嘻嘻走了過來。

「溫老闆，倉庫就在前面，我帶您過去。」

溫欣瑤一點頭，說道：「麻煩你了。」與林東跟在中年男人後面，往前方的倉庫走去。進了倉庫，中年男人指著兩輛嶄新的奧迪，一輛是Ａ８，另一輛是Ｑ７，「溫老闆，這就是你的車了。」

溫欣瑤從包裏拿出提貨單，交給了男人，上前仔細檢查了兩輛車，確定沒有問題，才對林東說道：「Ａ８是我的，你的是Ｑ７，迫不及待了吧，趕緊試試去。」

林東拿過鑰匙，便上了車，發動起來，忽然想到一個問題，探出頭問道：「溫總，咱兩個人三輛車，還有一輛怎麼辦？」

中年漢子搶答道：「老闆放心吧，交給我好了。」

溫欣瑤將舊車的鑰匙交給了他，讓他停到建金大廈的地下車庫，那人便出去了，隨即她也進了新車。

林東緩緩啟動Ｑ７，對新車子的性能還不熟悉，他不敢開快，出了倉庫，沒幾分鐘便駛進了一條寬闊的大道。溫欣瑤加大了油門，變道從他車旁超了過去。路上車少，林東漸漸加速，發現好車果然不一樣，跑到一百二十公里的時候，車身仍然很平穩，絲毫不覺有輕飄的感覺，車內也聽不到什麼噪音。

「林東，我直接回家了，前面路口轉彎。」溫欣瑤撥通了他的電話。

林東答道：「溫總，你回去吧，我在路上多開一會兒。這車真棒！愛不釋手，我真想今晚睡在裏面。」

溫欣瑤笑了笑，掛斷了電話，轉彎往她家的方向開去。

林東開著車幾乎將蘇城轉了個遍，晚上十一點多才將車開進了社區，停好了車，下來之後，圍著車看了好一會兒，這才依依不捨上了樓。

出了電梯，走到家門口，聽到黑暗中似乎有人在啜泣。

林東暗中戒備，沉聲問道：「誰？」摸到了過道上觸控燈的開關，燈驟然亮了起來。

「楊敏！」林東驚呼道。

楊敏蹲在地上，見到了他，止住了眼淚，緩緩站了起來。因為蹲得太久，腿腳發麻，站起之後，只覺頭暈目眩，站立不穩。林東一個箭步躍上前去，將要倒下的楊敏扶住。

鬆開楊敏，林東也未去開門，反而往電梯方向走去。

「我剛吃過晚飯，撐得慌，你陪我去樓下散散步吧？」

他不敢將楊敏帶進屋內，怕這小妮子有什麼過激的舉動。楊敏點點頭，擦了擦眼淚，一邊抽泣，一邊跟他下了樓。

已經很晚，社區內難見人影。林東與她沿著社區內的小道走了一段，沉默了一刻鐘，他在思考怎麼開導楊敏，才能讓這丫頭以後不再糾纏他。

又走了片刻，林東停了下來，說道：「楊敏，那邊有鞦韆，我們去坐一會兒吧。」二人走到鞦韆前，楊敏坐了下來，林東背靠著樹，點燃了一支香煙。

「楊敏，別再折磨自己了，感情是兩個人的事，正如你說將大頭當作哥哥看待，我卻將你視作妹妹，明白了嗎？」快刀斬亂麻，林東下了決心，楊敏的事不能再拖了。

楊敏沉默了好久，從鞦韆上站了起來，向他靠近，林東連忙往後退了幾步。

「感情是可以培養的！」楊敏仰著臉，倔強地說道。

林東深深吸了一口煙，今夜的天空陰沉沉的，他目光一冷，說道：「楊敏！不管我們中間有沒有大頭，我們都無可能！」他將煙頭丟在腳下，踩滅之後，轉身邁步，回頭道：「天不早了，我要休息了，不送你了，出門自己搭車回家吧。」

楊敏嬌弱的身軀在風中瑟瑟發抖，她一個剛出校園，對戀愛充滿幻想的小女生，沒想到第一次愛上一個人，便遭到如此沉重的打擊。也不知過了多久，楊敏止住了眼淚，站起身來，茫然地看著四周，搖搖晃晃地離開了江南水鄉。

林東一直站在窗前，看著楊敏走到公寓的門口，直到她搭了車離去，這才鬆了一口氣。楊敏的性格遠非她的外表那麼柔弱，很倔強，還認死理，他知道今晚說的話過火了些，心裏也為楊敏擔心，希望她能想通，找到一個愛她的男人。

第二天到公司，就聽到了楊敏請了病假的消息。劉大頭知道後，跟林東請了一上午假，一溜煙出了公司，搭車直奔楊敏租住的地方去了。中午剛過，紀建明就將林東篩選出來的十八家上市公司的各項資訊資料整理好了送到他的辦公室。

林東請他在對面坐下，這是紀建明帶領情報收集科執行的第一次任務，翻看之後，他非常滿意。他與紀建明是在工作中非常有默契的搭檔，他所想要得到的資訊，紀建明送來的資料中全部都有，而且面面俱全，詳略得當。

「老紀，幹得好！」林東合上資料，經過對這十八家上市公司各項資料的比對，他心中已經有了定奪。

紀建明被他誇獎，嘿嘿直笑，說道：「這十八家上市公司，有十五家都明顯有莊家存在的跡象，只有美林股份、國邦集團和眾和企業這三家，目前還未發現有莊家操縱股價的跡象。」

林東點點頭，笑道：「昨晚加了一宿的班吧，放你的人回去休息吧，不過你不能提前下班。等大頭回來，我們四個仔細研究研究。」紀建明點頭出去了，走進情報收集科的辦公室，將提前下班的消息宣佈了出去，頓時引來一陣雷鳴般的掌聲。

林東正看著材料，劉大頭火急火燎地衝進了他的辦公室，連門都沒敲。

「林東……」劉大頭一屁股在林東對面坐下，「你搧我兩巴掌！」

林東不明所以地瞧著劉大頭，笑問道：「哥兒們，你不是在夢遊吧？」

「快搧吧，我求你了。我就害怕我是在夢裏。」

林東不理他，低頭看資料，過了十來分鐘，劉大頭像是清醒了過來，悠悠道：「楊敏同意做我的女朋友了。」

林東雖然驚訝，不過心中卻是一喜，說道：「大頭，行啊！怎麼拿下的？」

劉大頭傻呵呵地笑了笑，娓娓道來：「今早我出了公司，去花店買了玫瑰，然後又給她買了早餐，直奔她家，到了之後，見她的兩隻眼睛腫得跟燈泡似的，我不知她受了什麼委屈，竟然哭成那樣，當時心裏一酸，眼淚也流了下來。我看著她吃了早飯，又扶她上床休息了。她睡著之後，我一直在床邊陪著她，到了中午，我去廚房給她做飯，不知她什麼時候醒了，悄無聲息地走到我的背後，從後面抱住了我。」

林東給他倒了一杯水：「喝口水，慢慢說。」

劉大頭端起水杯，咕嘟咕嘟灌了一大杯下去，繼續說道：「當時那感覺，哥兒們永生難忘，無法言傳的美妙。我動也不敢動，楊敏就這樣抱著我，臉貼在我的後背上大哭，等她哭完了，我煎的蛋也黑了。我問她是什麼個意思，楊敏忽然說要做我的女朋友，要我好好對她。我激動得語無倫次了，說鍋裏的蛋糊了，她破涕為笑，說讓我等她一會兒，換件衣服和我出去吃。」

林東鬆了一口氣，總算不用為楊敏而擔心了，看來昨夜的狠話真的驚醒了她。

「去把老紀和老崔叫過來，咱該幹正事了。」

劉大頭應了一聲，出去將紀建明和崔廣才叫到林東的辦公室。林東起身離開座位，在會客區和劉大頭三人展開討論。

「哥幾個，我選出了三支股票，美林股份、國邦集團和眾和企業，老紀他們部門已經將資料整理了出來，你們看看，看完之後各自發表意見。」

林東將資料分給三人，三人在上面圈圈點點，皺眉沉思。林東起身去倒水，手機在桌上震了一下，好在劉大頭三人都在認真地翻閱資料，並未留意。林東回到座位上，拿起手機一看，竟是楊敏發來的信息。

「夢醒了，謝謝你。」

看到這短短六個字，林東的臉上浮現出一絲笑容。他清楚劉大頭的為人，楊敏選擇與劉大頭在一起，這是她之福。他隨手刪除了這條資訊，收回心神。

「林總，過來吧，也不知你看什麼笑得那麼……嘿嘿，我就不說了，過來吧，咱們看完了。」崔廣才笑道。

林東坐了下來，笑道：「大頭，先由你這邊說起吧，說說你的看法。」

劉大頭一點頭，說道：「從今年各行各業的走勢來看，都在淘汰落後產能行業，涉及鋼鐵、有色、化工、造紙、紡織、印染、化纖、電鍍、鑄造、廢塑膠加工、磚瓦、小火電、鉛蓄電池等工業行業。從淘汰量看，不少行業加大了力度，如紡織印染計畫淘汰量同比擴大了近六倍，燃煤鍋爐、Ｓ７變壓器淘汰量分別是去年的七倍到十倍。即便是坐莊，也不應該逆市而為。美林股份就屬於落後產能行業中的造紙產業，所以我建議剔除美林股份，在國邦集團和眾和企業中選擇一支，不過選哪支，我暫時還沒有想好。」

林東看了看崔廣才，示意他發言。

「我同意大頭的觀點。順應形勢才能有所作為，美林股份今年以來，股價連創新低，雖然降低了咱們介入的成本，另一方面卻提高了操盤的風險。從這支股票今年的交易情況來看，成交量低迷。拋盤太重，買盤力量太小。如果我們介入，只怕會成為被套股民逃命的救命打草。我建議從國邦集團和眾和企業中任選一支。」

「老紀，你的觀點呢？」林東看向紀建明，問道。

紀建明嘿笑道：「這兩人把我想說的說完了，我沒什麼可補充的。」

三人看向林東，等待他最後的決斷。

林東沉聲道：「我決定剔除美林股份和眾和企業。剔除美林股份的原因我就不重複了，說說我為什麼剔除眾和企業吧。」

林東手指著眾和企業的公司概況：「這家公司坐落在西疆省，天高地遠，我們連門朝哪個方向都不知道，即便是現在的資訊管道再發達，我們也無法瞭解到這家公司內部的真正情況。雖然從業績報告和財務報告上看到他們近年來業績增長穩定，但這是否可信還得打上問號。國邦集團就不同了，這是咱們江省的本地企業，而且就在離我們不遠的溪州市。老紀情報收集科的同事可以很方便地去展開調查。還有一點，方便咱們接觸他們公司的高管，如果有高管配合，咱們操盤的勝算將會大很多！」

林東說完，目光掃過三人的臉，靜靜等待他們開口。

劉大頭舉起手：「就做國邦集團，我同意！」

紀建明與崔廣才也相繼舉起了手，皆認為林東分析得有道理。

「全票通過！」

林東站起身來，已到了下班時間，他笑道：「哥幾個，苦日子就快來臨了，在此之前放縱一下吧，還等什麼？羊駝子吧，我請客！」

紀建明與崔廣才很興奮，當即舉雙手贊成。劉大頭猶豫了一會兒，搖了搖頭。

「我就不去了，還得去看看楊敏，給她送晚飯去。」

紀建明與崔廣才面面相覷，他們還不知道劉大頭已經追到了楊敏，當即問道：「大頭，什麼情況？」

劉大頭臉一紅，說道：「我走了，你們要想知道就問林東吧。」

二人將目光投向林東，林東一攤手：「吃自家飯，操別人的心幹嗎？走，打道羊駝子！你倆別開車了，感受感受我的新車。」

第八章 極品翡翠春帶彩

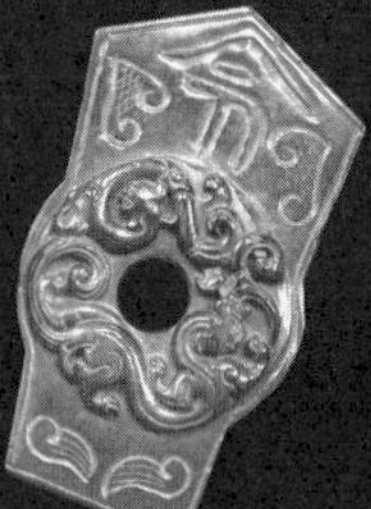

「春帶彩……」

「一塊翡翠混有翡翠紫春與翡翠綠翠兩種顏色，色好水好，極品啊……」

這種極品料子，一輩子也難見幾次，

幾個懂行的人激動萬分，圍在一起觀賞品鑒，口中發出讚歎之聲。

金河谷的臉色愈發難看，面色陰沉，抬起眼，發現林東也正在看著他，

二人目光交擊，金河谷的眼裏似要噴出火來。

林東驅車疾馳，在快到江南水鄉時，接到了蕭蓉蓉的電話。

「蕭警官，找我何事？」

蕭蓉蓉道：「跟你說一說獨龍的案子，電話裏說不清楚，你有時間麼？」

林東「嗯」了一聲。

「那半個鐘頭後，在相約酒吧見面詳談吧。」

掛斷電話，林東在前面路口調頭，驅車前往相約酒吧。一路疾馳，不到二十分鐘，便到了相約酒吧。剛泊好車，便看到了蕭蓉蓉的車朝他駛來。

蕭蓉蓉下了車，嫋嫋而來。她今天提前下了班，脫下警服，特意回家換了一套裙子，化了淡淡的妝。她看了看林東的新車，再看看面前這個男人，已經很難將他與初次見面時的那個小業務員聯繫在一起。

二人進了酒吧，選了他們第一次見面時坐的那個座位。酒吧內放著輕幽舒緩的音樂，流進心田，似有種魔力，林東只覺頓時身心輕鬆了許多，音樂在他耳邊迴盪，驅走了一天的疲勞。

蕭蓉蓉只點了一瓶酒，她清楚自己和林東的酒量，即便是喝完了一整瓶，開車也沒問題。林東先為她倒上酒，再為自己倒上，舉杯道：「蓉蓉，救命之恩，盡在一杯酒，我敬你！」

二人碰了一杯，飲盡了杯中酒。

時間尚早，酒吧內客人寥寥無幾。昏暗的光線平添了幾分情調，就這樣面對面坐著，聽著同一首曲子，空氣中似有一種曖昧的氣氛在流動，迅速將他倆包圍。

蕭蓉蓉品了一口杯中的酒，說道：「起初獨龍已經快要鬆口，可不知為何，忽然間他態度急轉，不僅不承認幕後有人指使他暗殺你，反而大包大攬，將所有罪責一人扛了下來。本以為抓住了獨龍可以威懾汪海，現在看來，是我們太天真了。」

汪海財雄勢大，林東原本也沒認為抓住獨龍能將他怎麼樣。

「多行不義必自斃，除非汪海做了縮頭烏龜，從此老老實實，否則的話，我們一定有機會找到他的罪證！」

蕭蓉蓉點點頭，問道：「最近有沒有發現可疑之處？你要小心汪海在背地裏使陰招。」

「我會小心的。」

獨龍被抓和慈善晚宴被戲耍，以汪海的性子早應該有所行動了，他竟然能平靜那麼久，林東已察覺到不對勁。汪海越是蟄伏不出，他越是不安，隱隱覺得汪海可能已經行動了，只是他還未發現。

和蕭蓉蓉喝完酒，二人各自驅車回家。

紀建明忙了一上午，將情報收集科的所有同事全部派出去調查國邦集團。行動之前，林東給情報收集科開了一個短會，宣讀了一個決定，他與溫欣瑤商量之後，決定在調查國邦集團的期間，補助情報收集科的同事每人每天八百塊錢的差旅費，如有重大發現者，還會按資訊的價值獲得一萬至十萬不等的獎金。

紀建明明確了分工，八名情報收集科的下屬按照各自的所長，分別被派往國邦集團上到總部辦公室下到生產車間。重賞之下必有勇夫，眾人聽得只要找到重要情報便有賞金，個個都很興奮。而他們也清楚，金鼎並不是滋養懶漢的溫床，高薪水高福利的前提是必須要有業績，否則的話，按照考核制度優勝劣汰，每三個月便會淘汰落後者。

若想在這樣一家公司生存，必須得有過人的本事！這是溫欣瑤用人的原則，條件可以談，但前提是得有談條件的資本。

林東進了資產運作部的辦公室，他雖不再親自下單，不過仍有六七百萬的資金由他親自操作。而他親自操作的那部分，正是金鼎一號增長最快的份額，收益的增長速度絕對可以用恐怖來形容。

這段時間，除了在金鼎一號上用功之外，林東並未忘記自己帳戶裏的近三百萬，在他的運作下，每個交易日漲停板中的股票都有幾支會出現在他所持倉的股票裏。十月下旬，當林東穿上厚外套的時候，他帳戶裏的股票市值已經超過了七百萬！

林東和高倩商量好，忙完這一段，便會去高家面見高五爺。

「林東，快過來看看！」

崔廣才驚叫一聲，聲音竟有些許慌亂。林東心一沉，不知發生了什麼，快步走了過去，順著崔廣才的手指望去，眉頭忽地緊鎖，薄如刀片的嘴唇抿緊。

「什麼時候開始的？」

崔廣才沉聲道：「應該是第四個交易日了，起初只是小股資金，我以為是遊資，沒怎麼關注，今日忽然大資金湧入，這才覺得似乎不是那麼簡單。」

崔廣才很內疚，低著頭。劉大頭請了一個星期的假，與楊敏旅遊去了。這一星期，資產運作部一直由他一人把守，沒想到竟出了事！

崔廣才知道，若是劉大頭在的話，一定會在發現這筆可疑資金介入的第一時間彙報林東，不由得心生內疚。

「林總，我們似乎被盯上了……」

資產運作部的辦公室內，十幾個操盤手心頭雪亮，皆很清楚目前的狀況，一股從未知角落襲來的恐懼正在湧向他們的心頭。金鼎投資成立以來，真正的挑戰終於要來了！

林東拍拍崔廣才的肩膀，點燃了一支煙給他，笑道：「別擔心，沉住氣，先調查清楚這筆資金的來源，或許他並無惡意。」

有林東在身後坐鎮，崔廣才頓時覺得安心了許多，出於對林東操作能力的信任，他絕對相信林東有能力能解決任何來犯者！

「大夥兒聽好了！徹查這筆資金的來源！行動吧，證明咱們的時候到了！」

林東離開了資產運作部的辦公室，他知道崔廣才鎮定下來之後，完全有能力應付目前的局勢。他點燃了一支煙，臨窗站立，俯視下方，已是深秋，隨處可見的楓樹紅了，秋風卷著落葉，輕舞飛揚。

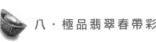

金鼎一號運作以來，一直秉承起初定下的分散投資的宗旨。他們將一大筆資金分散投入了不下五十支股票，若是有一兩支股票被盯上那是正常現象。若是全被盯上，那幾乎是不可能發生的事情，不過，的的確確發生了！

林東站在窗前吸完了一整包煙，這座城市也在他眼前漸漸沉入了夜色中。他拎起包離開了公司，出門的時候，看到資產運作部辦公室的燈還亮著，知道崔廣才和手底下的兄弟們還在徹查不明資金的來歷。

林東心頭一暖，有這群肯拚命的兄弟，遇上再大的困難，也有安然度過的底氣！

剛上車，忽然接到了傅家琮的來電。

「小林，今晚有約嗎？」

林東笑道：「傅大叔，我剛好下班，今晚恰巧沒事，怎麼了？」

「剛才接到金河谷的電話，邀我今晚去他的賭石俱樂部玩玩，他還說上次見你和我似乎認識，讓我通知你，希望你也能去。」

林東一口應了下來，驅車出了市區，金家的賭石俱樂部設在郊區的一座豪宅內。江省玩賭石的人不多，圈子很固定，也很少有專門以賭石為生的玩家，多數是出於興趣愛好。金家的這個賭石俱樂部，圈子雖小，卻不乏藏龍臥虎的大人物。

若不是金家大少金河谷親自點名，以林東的社會地位，是絕沒有資格進入金家的賭石俱樂部的。

林東驅車到了地方，在車裏給傅家琮撥了個電話，傅家琮說隨後就到，他就在車裏等了一會兒。等傅家琮到了，下車和他一起朝豪宅走去。這豪宅建在郊區的一座山坡上，周圍綠樹掩映，古木蒼翠！

背山臨水，林東讚歎一句：「真是塊風水寶地！」

傅家琮停下腳步，笑道：「風水寶地講究左青龍、右白虎、前朱雀、後玄武。」他用手向左一指，「山的左邊像不像一條蜿蜒的青龍？」

林東凝目望去，點點頭，說道：「確實很像！」

傅家琮又指了指其他三個方位：「山的右邊像不像是一隻馴服的老虎？前面像不像是翱翔九天的朱雀？後面像不像是垂首低吟的玄武？」

林東的視線隨著他手指的移動而轉移，不時點頭讚歎。傅家琮不僅精通古玩，對於地理堪輿這等玄學也頗有研究。

「這塊地當初可是不少人都在爭，還是金家手腕硬。說來也奇妙，自從得了這塊風水寶地之後，金家的生意真的越做越順，攤子也越鋪越大。所以說啊，咱們老祖先傳下來的東西，絕對不是你們年輕人口中所說的迷信。」

二人邊走邊聊，很快便到了豪宅門口。

林東與傅家琮並肩走進院中，金河谷正站在門口迎客，見他二人來了，掃了一眼，連忙走上前去。

「傅叔叔，您來了，小影沒來麼？」金河谷心頭頓時湧起一陣失落，他與傅家琮之女傅影自幼相識，是兒時的玩伴。長大之後，金河谷對傅影漸生情愫，卻發現傅影似乎對他越來越冷。

「金大少，咱們又見面了。」林東寒暄了一句。

金河谷朝他點頭一笑，目中熾熱的光芒黯淡下來，失望之情油然而生，不僅傅影沒來，竟連令他一見傾心的混血美女麗莎也沒來，與林東和傅家琮客套幾句，金河谷便藉口要迎接其他客人走開了。

林東不知，金河谷之所以請傅家琮聯繫他加入金家的賭石俱樂部，全是托麗莎的福氣。金河谷對麗莎一見鍾情，為了增加與麗人接觸的機會，便想出了這個邀請林東入會的法子，哪知林東孤身前來，並未帶上麗莎。

金河谷冷冷瞧了一眼林東的背影，很是不解，心道若是我家中有如此美嬌娘，出席這樣的場合，怎能不帶著讓他人羨慕！蘇城四少，金河谷名列其中，並且是其中的佼佼者，能力雖然出眾，卻也脫不了富家子弟的紈絝之氣，女人與財富同等重要，也是他們互相攀比的重要籌碼。

林東進了廳內，但見所有陳設一應仿古，頗有古色古香之氣，環目四顧，仿似進了古代某個世家大族的廳堂一般。傅家琮與他就近找了位置坐了下來，待到八點過後，金河谷下令關了院門，笑著走進廳中。

今夜只來了八人。其餘的人，林東雖未曾謀面，卻並不陌生，全是蘇城顯貴名流，經常見諸媒體，卻只有一個胖子，是他從未在任何媒體見過的。

金河谷坐在主位上，金大川近年來已不大過問俗事，生意方面全部交予他打理，不過賭石俱樂部卻是他前不久才從父親手中接手的。

「河谷，你父親身體還好吧？」

其中一人關切問道，金大川身體不好，這是圈內人都知道的事情，若不然，也不會退居幕後。

金河谷笑道：「我爸爸近來吃得下睡得香，更無須費心操勞，身體比以前硬朗多了，請各位長輩不必掛念。」

「你父親有福氣，有你這麼個好兒子，才能那麼早享清福。我兒子若能有你一半聰明懂事，我這把老骨頭也不必整日奔波了。唉，勞碌命啊……」那人年近花甲，想到自己那不爭氣的兒子，連連歎息。

金河谷聽得眾人吹捧，表面上雖是不苟言笑，心裏卻是樂開了花。

「今次新到了一批石頭，咱們看看石頭去吧。」金河谷起身，眾人也都隨他往院子裏走去，進了一個很大的鋼架棚子，棚頂上吊著無數大功率的燈，將棚內照得亮如白晝。

金河谷在一堆石頭前停了下來，指著石堆道：「就是這些了，各位若是有興趣，可自行挑選。」每塊石頭上都已做好了標記，傅家琮並不懂賭石，只是站在一邊觀看，其他人則已擁上去挑選了。

「傅大叔，你不玩嗎？」林東問道。

傅家琮笑道：「賭石圈內有句話，一刀貧一刀富，咱沒有那眼力，還是別碰好。」他側身看了看林東，問道：「你想玩？」

林東點點頭，有了上次跟馮士元在騰沖賭石的經歷，他已知曉了瞳孔深處藍芒的妙用，當下邁步上前，也不隨其他人般取個賭石專用的強光電筒，而是到了石堆前，調用藍芒，從一堆原石上一塊一塊掃過。

金河谷瞧見他如此選石，冷冷一笑。

已有幾人挑好了石頭，林東打眼望去，那幾人手中拿的皆是不錯的石頭，心知這些人都是有些眼力的。石堆前只剩下他和那個胖子仍在挑選，那胖子在石堆裏翻了半天，手中的石頭換了一塊又一塊。林東見他丟棄良而取次，便知這胖子是個外行。

那胖子挑得滿頭是汗，走了過來，見林東也是兩手空空，便問道：「老弟，看來你也是外行。這一堆的石頭又沒兩樣，怎麼選？」

林東心知來此的都是大人物，見這胖子說話不拐彎子，便有意結交，說道：

「老哥，不如我幫你選一塊吧？賭跌了算我的，賭漲了算你的。」

那胖子連忙擺手：「這怎麼好意思，不能占你便宜啊！」

「沒有金剛鑽不攬瓷器活，老哥，小弟不是在你面前誇海口，你瞧好了吧。」林東彎身撿起一塊石頭，入手沉重，大概有二十幾斤，遞給了這胖子。那胖子不好意思地笑了笑，雙手接下了那塊石頭。他生性愛貪便宜，有這等無本的買賣，自然樂意去做。

林東自己也撿起一塊，跟在胖子的身後，朝切石機的方向走去。金河谷見林東第一次來便敢下手，心中冷笑。自從上次在慈善晚宴上見過林東，他已暗中派人將他的底細調查了清楚，才知高看了他，原來這小子只是個山溝溝裏蹦出的娃娃。

這裏的每塊石頭都不便宜，明碼標價。林東刷了卡，幫胖子那塊也付了錢，說道：「老哥，待會若是你的石頭賭漲了，嘿，可得把買石錢還給我。」

那胖子心裏樂開了花，滿面堆笑，心裏一萬個樂意：「老弟，你這樣做，老哥我真是慚愧啊……」

金河谷心中冷笑，心道，你聽林東的話，保準你輸得一乾二淨。

「二位，切開嗎？」他笑問了一句，在他倆之前挑好的幾人已經切開了石頭，各有收獲，轉手便以高出數倍的價錢賣給了金家。

林東和胖子將石頭交給了金河谷，金河谷一招手，便有人過來將石頭拿過去切了。傅家琮走到林東身旁，什麼也沒說，只是看了他一眼，見他面如古井不波，便知他胸有成竹。

「二十二號石頭，滿綠！」切石頭的壯漢叫了一聲，聲音傳到林東身旁胖子的耳朵裏，這胖子忽然跳了起來，抱住林東甩了幾圈。

「兄弟，咱賭漲了！」先前那幾人也朝胖子投來羨慕的眼光，他們皆知這胖子胸中無貨，卻沒想到他那麼好的運氣，撿了大便宜了。

金河谷面笑道：「恭喜譚先生！」眾人紛紛過來道喜。

這胖子名叫譚明輝，年紀剛過三十，是國邦集團董事長助理譚明軍的弟弟，他自己也在國邦集團任職，不過是個閒職，錢多事少。

譚明輝當場將石頭賣給了金河谷，賺了十倍的差價，將林東剛才為他墊付的賣石錢還給了他，二人還互換了聯繫方式。譚明輝千叮萬囑，要林東有空一定要聯繫他。

眾人這才知道譚明輝的石頭是林東替他選的，才對這個年輕人產生了關注，卻都不認識他，先前見林東是與傅家琮一起來的，便紛紛向傅家琮打聽林東的情況，有幾人已經遞上了名片，說日後常來往，交流交流賭石的心得。

這些都是蘇城有名望的大人物，林東求之不得，當下一一回應，說有時間一定登門拜訪。

金河谷繃著臉，自我安慰，心道這小子就是運氣好，讓他瞎貓碰上了死耗子，看他第二塊石頭有沒有那麼好的運氣！

「金大少，該開我那塊石頭了吧。」

金河谷微笑點頭，對切石機旁的壯漢吼道：「開石！」

那壯漢一點頭，將石頭放在切石機下面，切開之後，半天不見他回應。金河谷一皺眉頭，怒道：「劉大，嗓子被石頭堵住了嗎！」

他見切石的劉大眼珠瞪得老大，嘴唇還在發抖，不明所以，當下快步上前。劉大在他家幹了很多年，是老夥計了，按理說不應該這樣的。

「少爺、少爺……春……」

金河谷暴怒：「大白天做春夢，不想幹了是嗎！」

「春帶彩……」

劉大終於將想要表達的意思說了出來，眾人聽得清清楚楚，頓時炸開了鍋。

人群擁向切石機，金河谷也驚呆了。劉大幹切石工已有七八年，只是聽說過有春帶彩這種極品翡翠，卻是從未見過。這種極品非常罕見，便是金河谷，也只見過數次。

金河谷鎮定下來，撿起被切口的原石，眾人圍了過來。林東凝目望去，一團濃郁的清涼之氣如有實質般，幾乎是射進了他的瞳孔中，經久不息，足足持續了一分鐘，藍芒才將那股清涼之氣完全吸納。

瞳孔中的藍芒吸納完這股清涼之氣之後，壯大了不少。林東感覺到，他的視力似乎越來越強了。

「一塊翡翠混有翡翠紫春與翡翠綠翠兩種顏色，色好水好，極品啊……」

這種極品料子，一輩子也難見幾次，幾個懂行的人激動萬分，從金河谷手中將石頭要了過來，圍在一起仔細地觀賞品鑒，口中連連發出讚歎之聲。金河谷的臉色愈發難看，面色陰沉，抬起眼，發現林東也正在看著他。二人目光交擊，金河谷的眼裏似要噴出火來。

這回他可虧大了，這塊三十來斤的春帶彩毛料，少說也要在原價上翻五十倍。

在場幾人皆是腰纏萬貫之輩，見到了春帶彩這種好料子，個個都有心收藏，立時便有人走到林東近前，開口詢價。金河谷急了眼，話到嘴邊卻堵在了嗓子眼，被他生生咽了回去。

林東瞧見他的表情，清楚他的想法。這塊可遇不可求的好料子，若是被金家得到，加工之後，即便是開出高價，也會遭人瘋搶。

「林老弟，你說個價，這塊料子我要了！」幾個老闆同時開了口，倒是令林東很為難。

「各位老闆，恕小弟得罪了。這料子得先問過金大少，他若不要，我才能賣給你們。」林東這麼一說，眾人紛紛點頭，並無異議，這料子畢竟是從金家買的，若是開出翡翠來，金家理應有優先的回購權。

眾人皆把目光投向金河谷，等他的回應。金河谷原先心裏也捏了把汗，聽到林東那麼說，懸著的心才放心來，笑道：「各位叔叔割愛，這塊料子我要了。林先生，原價的七十倍，你意下如何？」

這塊石頭標價五萬，金河谷開價三百五十萬，他豈有不賣之理。只有金河谷知道，這塊石頭加工之後，他金家至少能賺翻倍的錢。收錢交貨之後，金河谷叫住林東，塞給他一張會員卡，告訴他已成為金家賭石俱樂部的正式會員。他這樣做，也是出於對林東優先將毛料賣給他的答謝。

眾人閒聊了一會兒，圍著林東討教選石之道。林東對這方面專業的知識略知皮毛，好在他巧舌如簧，能言善辯，倒也馬馬虎虎應付了過去。晚上十點，眾人紛紛告辭。

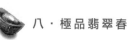

金河谷不敢怠慢，將眾人送至門外，夜黑路險，叮囑眾人小心開車。

譚明輝握著林東的手，說道：「老弟，今晚沒白來，那五十萬是你幫我賺的，改天到溪州市，做哥哥的請你好好玩玩。」

林東點頭答應，笑道：「說不定過幾日就會去叨擾老哥了，等下次見面，咱們兄弟再好好聊聊。今晚不早了，開車小心。」譚明輝點點頭，上了一輛溪州市牌照的切諾基。

林東和傅家琮聊了幾句，也各自上車往山下開去。到了家中，已是十一點多，林東從懷裏取出金河谷給他的支票，笑了笑，心道，這錢來得太容易了。

第二天一早，林東剛進公司，發現資產運作部所有人都頂著黑眼圈，一問才知，崔廣才帶領他們熬了個通宵，一宿未睡。

「林總，你來了就好了，那股不明資金的來源我查清楚了。」崔廣才隨林東進了總經理辦公室，關上了門，將調查報告放在了桌上。

林東拿起調查報告，林東一皺眉，沉吟道：「溪州市……」

崔廣才道：「對，跟蹤我們幾十支股票的資金大部分都是出自溪州市不同券商的營業部。嘿，資金進出最大的，竟然是元和證券溪州市北帶東路營業部和海安證券溪州市寶雞南路營業部。」

林東點了一支煙，說道：「這些資金背後一定有一個幕後黑手。」

崔廣才點頭道：「瞧這資金來源，我懷疑是同一個私募所為。可我怎麼看他們並無惡意似的，似乎也很害怕驚動了盤中的莊家，也和我們一樣採取了分散投資的策略。」

林東深吸了一口煙，噴出一口白色的煙霧，臉藏在煙霧後面，目光深沉，說道：「好了，老崔，你去做事吧，盯緊那筆資金，有情況隨時彙報。還有，讓你手下的兄弟輪流休息，別累垮了他們。」

林東沉吟了一會兒，拿起辦公桌上的電話，撥通了劉大頭的手機：「喂，大頭。」

那邊傳來了楊敏的聲音：「林總，是你麼？」

林東聽出是楊敏的聲音，問道：「小楊，大頭回來讓他回個電話。」他不願跟楊敏多聊，掛斷了電話。

過了五分鐘，劉大頭就打了過來。

「林東，找我啥事？」劉大頭知道林東不會在他休假時間無事找他。

「咱們貌似被不明資金盯上了，抱歉了，大頭，你得提前結束休假了。」林東說道。

劉大頭心中一驚，應了一聲，掛斷了電話。

林東敲門走進了溫欣瑤的辦公室，沉聲道：「溫總，有事跟你彙報。」

「出事了？」溫欣瑤見他臉色，便猜到必不會是好事。

林東點頭，簡要地說了一下情況，將崔廣才做好的調查報告推到溫欣瑤面前。

溫欣瑤挑重點的地方看了一眼，說道：「林東，說說你的看法。」

「被人盯上並不奇怪，有巧合的因素，但我們所做的大部分股票都被人盯上了，那就不是巧合可以解釋的了。溫總，我懷疑公司出了內鬼！」林東直言道。

溫欣瑤未置可否，起身道：「林東，咱們去溪州市走一趟吧，看看能不能找出這筆神秘資金的幕後推手。」

林東一點頭，與溫欣瑤出了辦公室，臨走前去資產運作部的辦公室看了看，崔廣才一直盯著螢幕，雙眼都熬出血絲來了。

「老崔，對手有什麼異動？」

崔廣才搖搖頭：「很平靜，和我們一樣，靜等高位出貨。」

林東道：「從現在起，咱們逐漸減倉，不要死等目標價位，到不了了！」

崔廣才疑惑地看了林東一眼，從盤面來看，大部分股票都仍處於上升通道，還有很大的上升空間，他不明白林東為什麼要減倉。

「沒有為什麼，照做！」

溫欣瑤在門外看著林東，眉頭一皺，對他突然要減倉也很不理解。林東出了資產運作部的辦公室，與溫欣瑤乘電梯去了車庫。

「林東，我不開車了，坐你的車。」

二人上了車，溫欣瑤坐在副駕駛位上，林東發動了車，她忽然想到那天醒來後，看到林東為了救她滿身是血的那一幕。

「林東，你的胳膊還疼嗎？」

林東正在開車，溫欣瑤突然一問，他愣了愣，才想起上次被汪海的獒犬抓傷的事，說道：「早就沒事了。」

溫欣瑤靜默了很久，才問道：「林東，如果有機會讓你出國深造，你願意嗎？」

「沒那個打算。」

溫欣瑤再也未說什麼，一路上打了幾個電話，林東聽出來了，應該都是聯繫溪州市券商老總的電話。

「待會我們先去找溪州市元和的任總見個面，大家曾經都是一個系統的，聊起來比較好說話。」

進了溪州市的市區，林東路不熟，靠邊停下之後，換溫欣瑤來開。她和元和證券溪州市北帶東路的老總任清平約好了，中午一起在漁家飯莊吃飯，先和林東去了一家高檔禮品店，給任清平買了一塊錶，然後又去兩家銀行各取了五萬現金出來。

驅車往漁家飯莊駛去，進入一片竹林，溫欣瑤放下車窗，青竹的清香之氣混在風中，吹入了車內。

林東深吸了一口氣，朝這片竹林望去，入眼處蔥郁疊翠，那一陣陣的碧色波濤起伏奔湧，沙沙作響。竹林之中，不時見到有小獸出沒，躥至路邊，見到車子，又躥進了竹林裏。

「真是個好地方……」林東讚歎一句，忽然見一隻蚌鶴飛來，白羽如雪，立在一株竹子枝頭，昂首向天，張開長喙，引亢高歌，像是在呼朋引伴，不一會兒，果然又有幾隻蚌鶴飛來。

風中夾著潮濕的氣息，似乎可以聽到不遠處的流水聲。

溫欣瑤道：「竹林那邊就是一條河，漁家飯莊就在河的盡頭，我們快到了。對了，任清平，你認識吧？」

林東點頭，說道：「年初他去蘇城營業部考察的那次，我見過一次，不過我認識他，他應該不認識我。」

他對任清平印象極深，矮胖禿，長得磕磣，還一副貪相，與他的名字很不符。任清平貌不驚人，能混到一個營業部的總經理，也必然有他過人的本事。林東心中暗道，待會見了面，得小心應付。

「任清平不是那麼好對付的，咱們只有投其所好，希望能有作用吧。」溫欣瑤說著，車已經開到了河邊上的停車場，找了車位停好了車。

「我去訂餐位，你在這裏等任清平。」

溫欣瑤走後，林東走到河邊，蹲下身去，便見到了在淺水中游來游去的小魚苗，想起以前暑假在老家的河裏釣魚，心一下子飛向了遠方。

不遠處的水草上浮著一條正在曬太陽的黑魚，動也不動，林東心想，若是有根魚竿，便能輕易地將那隻黑魚釣上來。不禁手癢了起來。

「任清平來了麼？我訂好了餐位，在臨河的八號廳。」溫欣瑤給他打來了電話。

林東站起身來，瞧見一輛駛來的沃爾沃，老遠便看到了任清平那張令人過目不忘的大臉。

「他來了，我接了他馬上過去。」

任清平泊好了車，下了車，掏出手機想給溫欣瑤打電話。林東快步上前，笑道：「任總，你好，溫總已經訂好了包廳，請跟我來吧。」

任清平朝他看了一眼，一聲不吭地跟在林東身後。來的路上，任清平一直在思考溫欣瑤突然請他吃飯的原因，卻怎麼也想不透。

林東帶著任清平走進了漁家飯莊。順著河道兩岸，是兩排密集的兩層木製小樓，頗有點農家風味。溝通河兩岸的是一座木製長橋，離著老遠便有一陣陣魚香鑽入鼻中。

林東將任清平帶到包廳，溫欣瑤已在門前等候，她見任清平到了，走上前來，寒暄道：「任總，好久不見了，一向可好？」

任清平摸著肚子說道：「很好很好，就是眼下肚子餓得緊。」

「要不我現在就去後廚選幾尾好魚？」溫欣瑤提議道。

任清平連連擺手，三人走進廳內，穿過包廳，外面便是一座茅草搭建的涼棚，林東不知是何用處。

「到這兒吃飯最大的樂趣就是吃自己釣上來的魚，溫總，有興趣陪我釣幾杆嗎？」任清平輕車熟路地從包廳的櫃子裏取出兩根釣竿，溫欣瑤卻未伸手去接。

「任總，我不會釣魚。」

任清平看了一眼林東：「小老弟，你會嗎？」

林東接過魚竿，笑道：「以前釣過，好久沒釣了，今天陪任總玩玩。」

二人走到河邊的涼棚內，棚內早已準備好魚餌，溫欣瑤站在後面，看他二人釣魚。任清平見林東上餌和拋線的動作，便知他也是老手。二人靜默不語，不一會兒，任清平便釣上來一尾足有筷子長的鯽魚。這隻鯽魚鱗片泛黃，只有野生鯽魚的鱗片才會有這種光澤。

任清平是垂釣高手，不到半小時，收獲頗豐，旁邊的水桶裏已有五尾魚，而林東那一邊卻還未開張。釣魚最是修養心性，不能心浮氣躁。任清平卻是不時撩撥林東的神經，每釣上來一尾魚，便會在溫欣瑤面前誇耀一番。

「溫總，瞧，這隻昂刺魚少說也有八兩重，待會燉豆腐吃，那魚湯鮮美之極啊。」

河中央的水草上，一隻比小臂還要長的黑魚正浮在水面上曬太陽，林東走出涼棚，他要把那隻黑魚釣上來。飯莊準備的魚餌並不適合釣黑魚，要想把那隻大黑魚釣上來，必須找到合適的餌。

「林東，你在找什麼？」溫欣瑤見他低著頭在河岸上走來走去，不解地問道。

任清平瞥了一眼，笑道：「他在找魚餌呢。」

找了半天，也未找到他要的小青蛙，只好退而求其次，找了一根蚯蚓，掐成兩段，掛在魚鉤上。那隻黑魚還浮在那裏，林東丈量了一下距離，拋出魚鉤，正好落在黑魚前面三寸的地方。

任清平放下釣竿，站了起來，他想看看林東是如何引誘黑魚上鉤的。

但見那隻黑魚趴在水草上一動也不動，林東拉了拉魚線，鉤子動了動，那黑魚似乎睜開了眼，懶懶地看了一眼，卻又閉上了眼睛。此刻已是中午，是一天當中最難釣魚的時候，若是這隻黑魚已經填飽了肚子，林東的如意算盤可能就打不響了。

林東沉住氣，慢慢拖動魚鉤，這是他與黑魚之間的較量！魚鉤已到了黑魚的嘴邊，剩下的只能聽天由命。過了一分鐘，黑魚仍是紋絲不動，時間一分一秒地流逝，蚯蚓泡在水中，氣味會漸漸變淡，對黑魚的吸引力也會越來越小。

任清平面上掛著嘲諷，以他的經驗來看，那隻黑魚百分之九十不會咬鉤。

「小老弟，歇歇吧，我釣的魚夠咱三人吃了。」

林東額上沁出汗珠，他已被這隻黑魚耗光了耐心，正打算收線，那黑魚突然張開大嘴，往前撲了一下，將魚鉤吞進了肚子裏。突然間魚線繃緊，黑魚吃痛，掙扎著往水底游去。這魚力氣賊大，瞬間便將釣竿拉彎了，林東哈哈大笑，既然已經上了鉤，這黑魚就跑不了。

沒過兩三分鐘，黑魚便被林東拖了上來。任清平走了過來，嘖嘖讚歎：「好傢伙，估計得有四五斤重。」

飯莊的服務員進來將魚收了出去，林東和任清平洗了手，坐了下來。

溫欣瑤取出那塊手錶，推到任清平面前，笑道：「前段時間去了趟歐洲，那兒的錶便宜，知道任總愛名錶，就給你帶了一塊。小小意思，不成敬意。」任清平見了那包裝，頓時兩眼發光，笑得合不攏嘴。

「溫總，你看你跟我那麼客氣幹啥呀？有什麼事，老哥能幫上忙的，你儘管開口。」任清平知道這錶的價錢，心想若是溫欣瑤不是有求於他，怎麼會送如此貴重的禮物？

二人客套了幾句，服務員將一鍋雜魚端了上來，三人邊吃邊聊。溫欣瑤滴酒不沾，林東與任清平敞開懷痛飲。他的目的就是讓任清平喝高，那樣從他嘴裏才容易套話。

任清平自認為酒量還算上等，與林東連連乾杯，卻是越喝越心驚，見喝不過林東，也不逞強，便擺擺手道：「老弟，我投降了，不能再喝了，待會還要開車。」

飯也吃得差不多了，溫欣瑤開口道：「任總，我的私募被人盯上了，其中有一大筆資金就是從你的營業部進出的，你看能不能幫我查查那些帳戶都是誰的？」

任清平思忖片刻，說道：「你們買了什麼股票，我回去找技術部的人查查。」

溫欣瑤朝林東看了一眼，林東將早已準備好的字條交給了任清平，上面寫明了那股資金所買的股票。

任清平看了一眼，將字條當場撕掉：「我記住了。」

酒足飯飽，出了漁家飯莊，在任清平上車之前，林東在溫欣瑤的授意下，將一個裝了五萬塊錢的信封塞到了任清平車內。任清平看在眼裏，卻裝著沒看見，只是臉上的笑容更燦爛了。

林東喝了酒，溫欣瑤不讓他開車。到了溪州市區，二人找了家酒店住了下來。

「林東，你休息一會兒，我聯繫海安證券溪州市寶雞南路的總經理楊玲。」

第九章 醉美人的感激之心

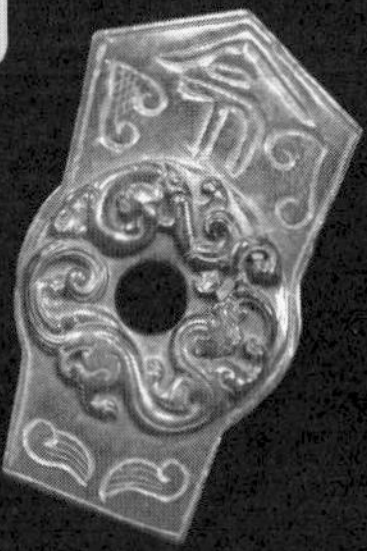

「楊總，剛才路過藥店的時候，給你買的解酒藥，我把你的症狀給醫生說了，他推薦了這種藥。你快吃吧，據說很有效的。」

楊玲明白他買了什麼，這是林東對她的關愛，心中一暖，生出無法言喻的感動，反而覺得林東與眾不同，與那些色中餓鬼比起來，實在要可靠很多。

二人進了各自的房間，林東打給崔廣才問問情況。

「喂，老崔，對手有動靜麼？」

「我們吐出的籌碼，幾乎全被那股資金吸走了，接下來該怎麼辦？」

林東冷笑道：「繼續出貨，全部吐給他！」

林東的目的便是讓對手驚動盤中的莊家，等到他出完貨，也就該輪到莊家與那神秘資金博弈了，坐山觀虎鬥，豈不快哉！背後的這股神秘資金，一定也看好林東所選的股票還會漲，所以才毫無顧忌地吸貨。最好讓他與莊家搶籌，那樣就有好戲看了。以莊家手中的籌碼，一邊假裝跟他搶籌，一邊偷偷出貨給他，不玩死那股神秘資金才怪。

他最害怕的是隱藏在金鼎的內鬼。林東心想，自己要出貨的消息應該已經被那夥人知道了，為什麼他們還要瘋狂吸貨，難道是碰上了敢死隊，幹一票便走？他一連吸了幾根煙，徹底打消了要去揪出內鬼的念頭，不過卻要儘快摸清誰是內鬼。

五點鐘左右，溫欣瑤敲門走了進來。

「任清平剛才打了電話過來，已經幫我們查清了那筆資金是從哪些帳戶出來的，都是一些農民工開立的帳戶，我想我們是被私募盯上了。」

林東碾滅了煙頭，站起身道：「溫總，能查出背後的私募嗎？」

溫欣瑤點點頭：「應該不難，顯然是溪州市本地的私募所為，剔除幾家不可能的，也就剩下了兩三家，排除排除，應該就能確定是哪家私募。這個你不用擔心，我會查清楚的。」

「楊玲那邊呢？」林東問道。

溫欣瑤臉一冷：「她藉口事忙，拒絕了我的邀請。」

楊玲與溫欣瑤原先都是江省券商中的佼佼者，但有溫欣瑤在的地方，楊玲便會黯然失色，所以，她與溫欣瑤的關係一向不和。

林東道：「或許能從楊玲身上挖到點什麼。溫總，要不你先回去，我去約她？」

溫欣瑤覺得可行，便問道：「林東，你認識她？還是你在溪州市有幫得上忙的朋友？」

林東想到了在金家賭石俱樂部認識的譚明輝，心想或許他能在中間搭線，便說道：「溫總，我認識個人，現在打電話問問他能不能幫上忙。」

譚明輝接到林東的電話很意外，此刻他正在去酒吧的路上。

「譚哥，我現在人在溪州，你有空嗎？」

譚明輝笑道：「我就閒人一個，當然有空，你在哪兒？」

林東直奔主題，說道：「有個事情想請你幫忙，溪州市海安證券的楊玲，你認識嗎？」

「楊玲？認識認識。怎麼了，老弟？」譚明輝問道。

林東道：「我想約她吃頓飯，可我不認識她。譚哥，能不能麻煩你搭個線？」

譚明輝滿口答應了下來，靠邊停了車，說道：「沒問題，你等我電話，我現在就約。」譚明輝好不容易才回憶起楊玲的樣子，記得上次見到她，還是隨哥哥譚明軍一起。

撥通了楊玲的電話，楊玲問道：「您好，請問哪位？」

譚明輝笑道：「楊總，是我啊，國邦集團的譚明輝，還有印象嗎？」

楊玲立即想起了國邦集團董事長助理譚明軍，記得二人有次見面的時候，譚明軍是帶著他弟弟的，便清楚了譚明輝的身分，笑道：「譚總，你好，好久不見了，有事嗎？」

「楊總，是這樣的，我一個好哥兒們，想做股票，不知您今晚是否有空，與我們一起吃頓飯，聊一聊？」譚明輝不知林東要請楊玲吃飯的目的，便隨口胡謅了一個。

國邦集團大股東有許多非流通股都託管在楊玲的營業部，是她的重要客戶。譚明輝的哥哥譚明軍又是國邦集團的高管，鑒於這層關係，楊玲也不敢拂了譚明輝的面子，當下應了下來。

「好的，譚總，正好我還沒吃飯。你說個地方吧，我現在趕過去。」

譚明輝道：「那就盛世人家吧。」

掛了電話，譚明輝立馬給林東回了電話，「喂，林老弟，我約了楊玲在盛世人家吃飯，你在哪裏？我現在過去接你一起去。」

林東大喜：「太好了，譚哥，多謝你了。不用你來接我了，我搭車過去。」把這個消息告訴了溫欣瑤，溫欣瑤笑了笑，開走了林東的車，她還有事情，必須趕回蘇城。

林東在酒店門口攔了計程車，告訴司機地點，不到十分鐘，就到了盛世人家。在門口等了一會兒，老遠便看到了譚明輝扎眼的切諾基。譚明輝停好車，上前擁抱了一下林東。

譚明輝雖是個愛貪便宜的人，卻也懂得知恩圖報，上次林東幫他挑到了一塊好石頭，一轉手就賺了五十萬，他心裏還是念著林東那份情的。

「老弟，既然到了溪州，一定要多留幾天，讓我好好盡盡地主之誼。」譚明輝熱情萬分，見到林東很開心。

林東苦笑道：「譚哥，不瞞你，我是遇到麻煩事了，所以才要請楊玲吃飯，還不知她肯不肯幫忙。」

譚明輝與他邊走邊聊，聽說林東遇到了難事，有心幫忙，便多問了幾句。林東也不瞞他，將事情原原本本告訴了他。譚明輝對私募不大瞭解，但看林東的神色，料想應該不是小事。

選好了位置，楊玲還沒到。譚明輝便與林東坐下來隨意聊，聊到工作，這才得知譚明輝竟然就在他要坐莊的國邦集團供職，而且還是一個部門的頭目，聊得深入，得知譚明輝的哥哥是國邦集團董事長助理，屬於國邦集團的高管。

林東心頭狂喜，差點忍不住狂笑。有了譚明輝這層關係，他就能接觸到國邦集團的高管，若是能與國邦集團的高管達成同盟，那絕對是對金鼎投資坐莊國邦集團股票最大的利好消息。

「譚哥，今天晚上是我請楊玲辦事，所以這席必須得我來請！」林東正色道。

譚明輝嘿嘿笑了笑，點頭同意了。

「兄弟，楊玲來了。」譚明輝朝門口望去，說道。

林東朝門口望去，一個三十多歲豐滿的少婦正朝他們走來。她的頭髮燙成波浪形，染成了黃色。姿色雖比不上溫欣瑤，卻也別有一番韻味。譚明輝見林東眼也不眨，低聲道：「老弟，我告訴你一件事，楊玲的老公那種功能廢了，因為這個鬧得滿城風雨，今年上半年才離婚。」

林東瞧譚明輝色眯眯的樣子，微微一笑，便起身去迎楊玲，雙手遞上了名片，說道：「楊總，你好，我是金鼎投資的林東。」

楊玲看了一眼他的名片，又看了一眼譚明輝，臉上帶著疑惑，轉念一想，就知道被譚明輝騙了。

林東拉開桌椅，請她坐下。

林東請楊玲點菜，她卻是微微冷笑，似乎有些不悅。譚明輝哈哈一笑，拿過了菜單：「二位，你們客氣，我可不客氣了。」

譚明輝一口氣點了十來道菜，一旁的服務員記得手忙腳亂。

「譚總，太浪費了吧，吃不了的。」楊玲說道，她一向崇尚節儉，雖是一個營業部的總經理，身家幾千萬，卻不追求名牌，穿戴都是很普通的牌子。

譚明輝誤解了她的意思，笑道：

「沒事，今晚是林老弟做東，讓他放放血。」介紹林東和楊玲認識，譚明輝充分發揮了橋樑作用，不時挑出話題，引他倆一起探討。

林東和楊玲屬於同行，二人聊著聊著便聊到了股市上。林東對於大勢把握很準確，許多地方與楊玲的看法都很一致。本來楊玲對林東有些成見，後來見他見解不凡，逐漸放鬆了警惕，與林東深入交流起來，倒是讓一旁的譚明輝插不進嘴。

「林總，你對於即將推出的轉融通有什麼看法？」楊玲笑問道。

林東沉吟了片刻，說道：

「轉融通正式啟動之後，就代表中國的股市真正有了做空機制。楊總，我認為短期來看，推出轉融通將會導致行情繼續走弱，但是長期來講，卻是個利好。誰都希望股市一路走牛，股價永遠飆升，但股價是衡量上市公司投資價值的尺規，有漲就應該有跌。」

楊玲點點頭，贊同林東的看法，面帶憂色：「恐怕國外的做空機構又要借此發一筆橫財了，那都是廣大股民的血汗錢吶。」

林東笑道：「在痛苦中成長，目前我國的資本市場還不夠完善，需要改革，前路雖有虎，別忘了，也有獨好的風景。我相信有一天，中國的資金也會在美國和歐洲的資本市場上有所作為，他們今日所拿走的，來日必要他們加倍奉還！」

楊玲正視林東，舉杯道：「為你剛才的話乾一杯，希望那一天早日來臨！」

林東和她碰了一杯，一飲而盡，楊玲白皙的臉上頓時便湧出了一陣紅潮，她本不善飲酒，又對酒精過敏，不知怎地，聽了林東那番話，心裏竟湧起一股豪飲的衝動。

譚明輝見吃得差不多了，便對林東說道：

「老弟，你不是有事情請楊總幫忙麼，快說說吧。」他見楊玲心情似乎不錯，好意提醒一句，讓林東趁熱打鐵。

「哦，林總有事情要幫忙嗎？說說呢。」楊玲主動問道。

林東沉聲道：「楊總，是這樣的，我做的一些股票被神秘資金盯上了，我查出那筆資金是從你的營業部出來，能不能煩請楊總幫忙查一查是誰在操作？」

楊敏思忖了一會兒，搖搖頭：「林總，不好意思，你應該知道，那樣做是違規的，所以，請你體諒。」

林東心一沉，有些失望，笑道：

「楊總不必覺得不好意思，你也是按規矩辦事，我也不好讓你為難。不管怎樣，我得承認今晚和楊總聊得非常開心，有種遇到知音的感覺，希望以後我們能夠成為好朋友。」

林東伸出手，楊玲也大方地伸出了手。林東握住她的手，有種柔若無骨的感覺，很舒服。楊玲卻是感到了林東的手強而有力，這種力量感令她沉迷，正是她前夫所缺少的。

楊玲頷首笑道：「我也那麼希望。好了，時間不早了，我該回家了。二位，告辭了。」

林東起身將楊玲送到飯店外面，目送她上車離去，回來就去結了帳。譚明輝請他去酒吧玩玩，說他常去的酒吧來了幾個漂亮的妞，請林東好好玩玩。

林東一聽這話，趕緊裝醉，說道：

「譚哥，我今晚玩不了了，那酒上頭，頭疼得厲害。你去吧，我自己回酒店。」

譚明輝著急去酒吧，問林東要了酒店的地址，便一陣風似的去了。

入住的酒量距離盛世人家並不遠，走過兩條街就到了。林東也不搭車，一邊往回走，一邊欣賞溪州市的夜景。素有「東方巴黎」之稱的溪州市，到了夜晚燈火輝煌，車輛川流不息，滿目都是光芒耀眼的霓虹招牌。

對有錢人而言，這就是花天酒地紙醉金迷的天堂，對窮苦人來說，這就是會吃人的鋼鐵巨獸。林東走在街道上，想起近半年來的經歷，不禁唏噓不已。快到賓館時，前面一輛別克忽然急剎車停了下來，車門一開，一個女人捂著嘴往路邊衝去。

林東凝目望去，看清了那人的衣著，眉頭一皺。

「楊玲！」

他跑上前去，楊玲正扶著牆角嘔吐。

「楊總，你怎麼了？」

楊玲看了他一眼，想要說話，胃裏忽然又是一陣翻湧，又吐出一灘穢物。林東輕輕拍著楊玲的後背，好一會兒，她才直起了腰。

楊玲面色通紅，借著路燈的光亮，林東看到了她的手，竟然出了許多密密麻麻的小點。

「不好意思，讓你見笑了。」楊玲苦笑，有氣無力地說道。

林東問道：「楊總，你不能喝酒為何還要喝？你應該告訴我，我絕不會強人所難的。」

楊敏笑道：「沒事，酒逢知己千杯少。你不是說了麼，有種遇到知音的感覺，我也同樣，所以就喝了些。唉，真沒想到，讓你看到我的慘相了。」

林東朝著前面不遠處的便利店走去，買了一瓶礦泉水回來，遞給了楊玲。

不知為何，楊玲的心竟然一顫，從林東手裏接過礦泉水，擰了幾下，卻是怎麼也無法將瓶蓋擰開。林東笑著從她手中將瓶子拿了過來，旋開了瓶蓋遞給了她。

行。」

「林總，謝謝你。」

「緣分讓你我這麼快又相逢，楊總，恕我矯情了。」林東笑言道。

楊玲莞爾一笑：「是啊，我也覺得城市好小。你住哪裏？我送你回去吧。」

林東見她面色酡紅，笑道：「醉美人開車誰敢坐？還是我來吧，你負責指路就行。」

自離婚以來，楊玲從未與男人獨處過，她本能地想要拒絕林東，可話到嘴邊卻又變了：「這樣會不會太麻煩你了？」

林東搖搖頭：「沒有的事，這麼早回酒店也是看電視。」

「那好吧，有勞了。」楊玲低著頭，朝停在路邊的車走去，主動坐到了副駕駛位上。

「前面的路口左轉。」林東發動了車子，楊玲低聲說了一句，他沒聽清楚，便又問了一遍，楊玲提高了音量，又說了一遍。從楊玲的目中，林東似乎看到了少女般的羞澀，不禁懷疑是不是自己意會錯了。

「楊總，你等一下，我下車去買點東西。」往前開了不遠，林東靠邊停了車，下了車往路邊的藥店走去。

此刻，楊玲在車內注視著林東的背影，忽然想到了之前那段不幸的婚姻。大學畢業之後，經人介紹，她與溪州市一名年長她五歲的高中老師相了親，當時也無所謂感情，雙方家長都很看好，便定了親事。結婚之後的幾年，她有過幸福美滿的家庭生活。後來隨著她的成就越來越大，丈夫卻仍然是個中學的老師，因為自卑的緣故，丈夫出了軌，染上了性病，喪失了性能力。

楊玲得知之後，毅然而然地選擇了離婚。這事當時被好事者曝料出來之後，還在溪州市引發了一陣討論風潮。

楊玲心緒紛亂，內心矛盾，揉了揉頭部，林東已從藥店出來。

「怎麼了，頭疼麼？」林東坐進車內，笑問道。

楊玲搖搖頭，說道：「沒事的，我們走吧。」

車子開進了一片高檔住宅區，在楊玲的指引下，林東將車開到了車庫。

「林總，麻煩你了。」二人下了車，楊玲又說道：「去我家喝杯咖啡吧？」

林東點點頭，跟著她進了電梯。到了楊玲家中，每一寸地方都乾淨得一塵不染。林東在門口駐足，生怕鞋底的塵土污染了這片淨土。楊玲從鞋架上拿了一雙拖鞋給他換上，請他進了屋內。

楊玲沖了一杯咖啡，香氣濃郁。林東喝了一口，讚不絕口。

「這些咖啡豆是我托朋友從巴西帶回來的，自己磨的，還不錯吧？」楊玲笑道。

「簡直棒極了，楊總若是去開咖啡店，星巴克那些地方都得關門歇業。」林東說笑道，看到楊玲手上的紅疹，忽然想起一事，從口袋裏取出一盒藥，放在茶几上。

「楊總，剛才路過藥店的時候，給你買的解酒藥，我把你的症狀給醫生說了，他推薦了這種藥。你快吃吧，據說很有效的。」

楊玲終於弄明白他買了什麼，這是林東對她的關愛，心中一暖，生出無法言喻的感動，反而覺得林東與眾不同，與那些色中餓鬼比起來，實在要可靠很多。

見楊玲吃了藥，林東便起身告辭：「楊總，不妨礙你休息了，我告辭了，謝謝你的咖啡，真的很香！」

楊玲將他送至門口，很想他留下來，卻又說不出口，眼睜睜看著林東進了電梯。

出了楊玲所在的高檔社區，林東搭了車，回到賓館不久，便接到了溫欣瑤打來的電話。

「林東，楊玲願意幫忙嗎？」溫欣瑤問道。

林東苦笑道：「一起吃了飯，但是一提到要她幫忙，她便拒絕了，一點商量的餘地都沒有。她又不像任清平那樣貪財，送錢她也不一定會收。那個女人，我真沒法子。」

溫欣瑤道：「搞不定就罷了，她是出了名的水火不懼，那你什麼時候回公司？」

林東答道：「明天一早我就搭車回去。」

掛了電話，林東便去洗了澡，出來之後，和高倩通了電話。

「東，你什麼時候來我家見我爸爸？」高倩這是第五次問了。

「忙完這段，我立馬就去。」林東依舊是這個回答。

在與高五爺立下賭約的那一刹他曾想過，若是有一天賺了五百萬，一定會第一時間去高家，但是等他真正賺到了那麼多錢，反而不急著去見高五爺了。這種心理真奇怪，他也不知為何。

夜裏，房間裏的電話響了兩三次，都是開口就問要不要特殊服務的，等到電話機第四次響起的時候，林東果斷地拔掉了電話線。想起與麗莎的瘋狂之夜，不禁全身燥熱起來。

第二天上午，林東給譚明輝打了電話，跟他道別。譚明輝幾番挽留，卻都被他拒絕了。那股神秘資金目的不明，林東放心不下，急著回公司。不過他知道了譚家兄弟與國邦集團的關係，有心結交，便對譚明輝多了幾分熱情，邀他有時間的時候去蘇城玩玩。

林東退了房，搭車趕往車站。上了開往蘇城的大巴之後，收到了楊玲發來的資訊。

「那股資金都做過哪些股票，告訴我，我幫你查查。」

看了資訊的內容，林東心中狂喜，趕緊回了過去。

不到一分鐘，楊玲便回了一條資訊過來，「今晚有空嗎？一起吃個飯吧。」

「我已經在回蘇城的車上了，楊總，你幫了我大忙了，下次來溪州市，我一定請你吃飯。」

林東下了大巴，搭車到了公司，直接進了資產運作部的辦公室。

「老崔，對手有動靜了嗎？」

崔廣才道：「奇怪了，昨天還在瘋狂買進咱吐出去的貨，今天就和我們一樣，開始往外吐貨了。」

林東冷冷笑了笑，心知必然又是內鬼將消息透露了出去，對手才會忽然改變策略。

溫欣瑤見林東回來，將他叫進了辦公室，林東道：「溫總，今天早上楊玲發簡訊給我，說願意幫我們查那筆神秘資金。」

「哦，她要什麼條件？」溫欣瑤心中詫異，以她對楊玲的瞭解，楊玲這樣的做法絕對是反常的。

林東笑道：「無條件幫忙。」

溫欣瑤秀眉一蹙，不敢相信地看了林東一眼，問道：「你們昨晚就僅僅吃了頓飯那麼簡單？」

林東不明白她的意思，說道：「是啊，真沒別的。」

「好了，不說她了，我已經查出來點眉目，現在就等楊玲那邊的消息來驗證，你去忙吧。」她把車鑰匙還給了林東。

出了溫欣瑤的辦公室，林東便進了資產運作部的辦公室，和崔廣才等人一同緊盯盤面上的動靜。

下午收盤後，林東接到了楊玲打來的電話。

「查清楚了，這些帳戶之前清空了很長時間，最近才突然間有大筆資金注入，據我所知，這些帳戶是一家叫著高宏投資的私募開立的。」

楊玲動用了關係，找出了帳戶背後的實際操作人。林東聞言，心中很是感激。

「楊總，你真是幫了我大忙了，多謝了。」

楊玲沒說什麼，掛斷了電話。依照她的性格，林東這個忙她是絕不會幫的，但是那晚感受到他的關愛，心中的天平不由自主地朝著感性的方向傾斜，竟然衝破了她一貫做事的原則。

林東走進溫欣瑤的辦公室。

「溫總，楊玲那邊有消息了，那筆資金是由一家高宏投資的私募操作的。」

溫欣瑤點頭道：「果然不出我所料，潛伏在這兩家營業部的神秘資金都是同一家私募所為。」

林東道：「那好，我現在就去調查高宏私募的底細。」

溫欣瑤笑道：「別急！這家私募的老總我認識，叫倪俊才，這幾年虧損很嚴重，我本來以為已經關門了，他忽然間哪弄來的那麼多錢？這才是我們目前最應該關心的。」

「楊玲也說那些帳戶空了很久，是最近才有大筆資金注入的。按理說，我們只是一家小公司，沒有名聲沒有地位，誰會跟我們過不去？」林東滿心的疑惑，試圖在千絲萬縷中找到一條主線，卻發現根本無從下手。

溫欣瑤冷笑道：「或許倪俊才只是個傀儡，但也不一定，也可能真的是他找到了金主，有人願意投資讓他來玩。」

「我會讓紀建明派人去調查高宏投資，眼下我們得儘快找出公司的內鬼。」

溫欣瑤叮囑道：「不要打草驚蛇！」

林東也有此想法，笑道：「放心，我會在暗中展開調查，他還有用，不會打草驚蛇。」

「你放手去做吧。哦，對了，林東，公司的公關部我已經組建好了，清一色的美女，明天便會到任，你和她們見一面吧，交流交流。」

林東應了一聲，出了溫欣瑤的辦公室，將劉大頭三人叫到了他的辦公室。

這哥仨進來之後，大大咧咧地坐了下來。

「大頭，不好意思，讓你在休假期趕回來。」林東致歉道。

劉大頭擺擺手：「林東，你這樣說就是不把我當兄弟了，這公司也傾注了我的心血，賊人膽敢來犯，我劉大江會坐視不理麼？」

紀建明笑道：「大頭，跟哥們兒說說，你這次和楊敏出去，有沒有傾注你的骨血啊？」

劉大頭面皮發燙，怒瞪紀建明：「閉嘴！我、我們……是分開睡的！」

眾人一陣哄笑。

「好了，說正事。」林東止住笑聲，說道：「公司出了內鬼，我們的操作思路屢屢外泄，這就是證明。我要你們三個盯緊手下的人，暗中把內鬼給我查出來，記住，不要打草驚蛇。」

「林東，你就不怕我們三個其中一個就是內鬼？」崔廣才笑問道。

紀建明與劉大頭指著崔廣才，異口同聲道：「要是也是你！」

對於紀建明三人，林東對他們的忠誠度從未有過懷疑。曾經是患難與共的兄弟，金鼎投資可以說是他們四個一手建立起來的，如今更是金鼎投資的棟樑骨幹，他們沒理由出賣自己辛苦打造的公司。

林東將紀建明留了下來，詢問調查國邦集團的進展。

紀建明沉聲道：「國邦集團很難滲透，我們的同事無法進入他們的內部調查，從發回來的情報來看，都是一些無關痛癢的消息，沒什麼有價值的情報。」

林東道：「你抽出兩個人，讓他們去調查高宏投資這家私募。」

「行！我馬上就去辦。」紀建明出去之後，立即便去調派人手調查高宏投資。

下班之後，林東開車去了秦大媽住的地方，好久沒見她了，這段時間一直在忙，也未聯繫，心中甚是牽掛。

他進來的時候，秦大媽不在，但門卻是敞著的。房間內放著一張破木桌子，上面放了一小碗鹹菜，揭開鍋一看，裏面正熬著稀飯。

見此場景，林東才知秦大媽現在的日子過得有多辛苦，不禁心中一酸。

「誰啊？」秦大媽從外面回來，屋裏沒開燈，模模糊糊看到有個人影，以為是進了賊了，從牆邊摸了根木棍，擎在手中。

林東轉過身來，嗓子一澀，說道：「大媽，是我啊。」

秦大媽看到是林東，喜不自勝，「渾小子，今天怎麼有空來我這裏？不知道你來，也沒做什麼菜，你等著，我去菜場買點菜回來。」

林東攔住了她，「大媽，不要買菜了，我吃過了。您最近忙嗎？」

秦大媽在木凳上坐了下來，哀歎道：「忙什麼呀，工作特別難找。我年紀大了，人家嫌我手腳不麻利，不願請我。」

「大媽，你不如到我的公司上班吧？一個月三千塊，外加社保，由你負責公司的衛生。你看怎麼樣？工資還可以再商量。」

秦大媽臉上閃過喜色，問道：「工資不少了！渾小子，你們老闆同意嗎？」

林東笑道：「沒事，我就是老闆。你明天就過來吧，地址是建金大廈……」

「喲！渾小子現在當老闆了，大媽真是高興啊！」秦大媽笑容滿面，喜不自勝，「門口那輛很大的轎車是你的嗎？」

林東點點頭，「對，是我的車，剛買沒多久。」二人聊了一會兒，秦大媽給他盛了一碗稀飯，林東就著鹹菜，連喝了三碗，吃膩了葷腥，偶爾喝一回這種稀飯，只覺胃裏暖洋洋的，舒服極了。

「大媽，明天別忘了來上班，找不到地方就打電話給我。」臨走之前，林東提醒了一句。

秦大媽送到門外，感激得老淚縱橫，心道這下老頭子醫藥費和孫女的生活費就都不用愁了，目送林東離去，仍是不住的抹淚。

第十章 隱藏的內鬼

「周銘，不介意我坐這兒吧？」林東笑問道。

周銘抬頭笑道：「林總，您坐吧，反正又沒人。」

劉大頭四人也端著盤子在周銘的周圍坐了下來，將他圍在了中間。

林東不斷挑起話題與周銘進行交流，但周銘總是敷衍幾句，草草結束話題。

林東在公司的形象一向是很親和的，經常跟員工們打成一片。

周銘的表現很反常，林東心中暗暗記下了這點。

溪州市的一家私人會所內。

倪俊才推開門，見到面色陰沉的汪海，汪海的身旁還坐著一個精瘦的高個男人，倪俊才認得，正是飛揚娛樂公司的老闆萬源。

汪海和萬源的身邊坐了四個衣著暴露姿色妖嬈的年輕女郎。

「汪老闆、萬老闆，二位老闆好！」倪俊才點頭哈腰，打了聲招呼，汪海沒讓他坐下，他也不敢坐。

汪海身邊的紅髮女郎伸出玉臂，勾住汪海肥圓的脖子，伸出纖細的手指從水晶盤子裏捏出一粒葡萄，塞進了汪海的口中，指甲上塗著駭人的黑色。汪海將果肉裏的種子吐到倪俊才的臉上。

「倪俊才，你搞什麼鬼，我的錢都給你快半個月了，怎麼一點動靜沒有？」汪海暴怒，瞪大眼珠子，惡狠狠地看著倪俊才。

倪俊才慌忙解釋道：「汪老闆，您聽我解釋。金鼎那邊的資金還沒開始坐莊，他們還沒入場，我怎麼跟他們玩？您說是不？」

汪海不懂股票，但他卻不是個好糊弄的人，厲聲質問道：「那你早早把我的錢要過去幹嘛？」

包廳內溫度很低，倪俊才仍覺得全身燥熱，背後不斷滲出冷汗，他的公司急需資金注入，所以才急匆匆讓汪海將錢投過來。之後，他買通了金鼎投資公司的一名員工，開始關注對方操作的股票。

通過連續幾天的觀察，倪俊才驚駭萬分，對林東的選股能力佩服之極。驚訝之餘，想到了一條賺錢的捷徑，便開始利用眼線傳來的消息，跟著金鼎投資公司買進賣出股票，短短十來天，已讓他狠賺了一大把。

他壓根沒向汪海彙報那筆資金的動向，賺來的錢也都落入了私囊。倪俊才清楚汪海的手段，知道若是找不出個令他信服的藉口，汪海是絕不會放過他的，當下腦筋急轉。

「汪老闆，我也不知道對手會什麼時候建倉，若是先不把資金準備到位，一旦對手有所行動，咱們就會慢他一拍。時間就是金錢，在我們這一行，的的確確就是如此啊！汪老闆，天地良心，我倪俊才哪有膽子糊弄您啊！」

一直沉默不語的萬源點了點頭，笑道：「倪總，請坐吧。」

他推了一把身邊穿著紅色短裙的女郎，「好好招待我的朋友。」

紅裙女郎立時便如靈蛇一般，遊到了倪俊才的身邊，主動獻媚，勾住了倪俊才的脖子，在他臉上留下了一個鮮紅的唇印。

萬源拍拍汪海的肩膀，示意他安撫一下倪俊才。

汪海知道萬源的用意，倪俊才是他們用來對付林東的武器，目前還有很大的利用價值，需要恩威並施，這樣才能讓他竭盡全力為他們效勞。

「倪老弟，剛才我酒喝多了，對不住了，你別往心裏去。」汪海親自給倪俊才倒了一杯酒，皮笑肉不笑，更讓倪俊才感到一股寒意。

倪俊才慌忙端起酒杯，誠惶誠恐：「汪老闆客氣了，都怪我很少與您溝通，才會產生誤解，以後不會了，不會了。」

萬源拍拍手，笑道：「好啦，輕鬆點。公主，點歌！給我來首甜蜜蜜！」

溫欣瑤已經為林東安排好了上財經節目的時間，就在下週二的晚上。

時間緊迫，林東除了要準備在節目中的講話之外，還得接受麗莎的訓練。

公司正處於緊張階段，工作日的時候，他幾乎空不出閑餘時間，所以只能和麗莎約好了週末將時間交給她。

麗莎霸道地要求那兩天林東都要跟她在一起，理由是她要熟悉林東生活起居的每一個細節，然後才可以發現問題，進行改造。

林東進了資產運作部的辦公室，劉大頭見他進來，指著螢幕道：「嘿，林總，你看！」林東朝螢幕望去，看到那筆資金幾乎同時進了他們選定的股票。

「沒事，那麼大一塊肉，我們吃不了，為什麼不分點給別人？有錢大家賺嘛。」林東面上笑道，心中已經想到了對付高宏私募的法子，只是目前他還未找到內鬼。

劉大頭一臉鬱悶，道：「來者不善，別人的介入會搗亂我們的佈局的。林總，我擔心……」

林東打斷了劉大頭的話，說道：「我知道你的意思，下班之後別急著走，我們好好商量下一步的策略。」

汪海開始催促倪俊才儘快行動，倪俊才打算再做一票就收手，然後便全心對付金鼎投資。

他的公司已經三個月沒發出工資了，員工的情緒很大，不斷有人離職，現如今的人手只有半年前的一半左右。就在公司瀕臨破產之時，汪海投入了大筆資金，他利用那筆錢跟著林東佈局，狠狠賺了一大筆，不僅補齊了拖欠員工的工資，還發了不少獎金。

與金鼎投資的戰鬥即將打響，馬上就是用人之際了，現在的人手已經欠缺，為了安撫人心，他只能暫時放點血。

「汪海你個孫子，老子這麼做，就當是你對我不敬的賠償吧！」倪俊才碾滅了煙，對著螢幕上的紅紅綠綠冷笑了兩聲。

下班之後，劉大頭三人來到了林東的辦公室。

「該給高宏私募點顏色看看了！」林東的目光從三人身上掃過，犀利毒辣。

劉大頭滿面疑雲，問道：「林總，你上午不是說有錢大家賺麼，怎麼……」

崔廣才啐了一口，罵道：「劉大頭，你智商是不是有問題？資本市場歷來都是狼吃羊，弱肉強食，適者生存，你難道不瞭解嗎？」

由於資本的嗜利性，在這個市場上，根本不可能存在真正的朋友。高宏投資在金鼎公司內部安插了內鬼，本來就別有用心，動機不純。林東雖然還未弄清對手的真正目的，但直覺告訴他，不久之後，對手將會展露猙獰的一面。

「先發者制人，後發者制於人！這個道理大家不會不懂，我要敲山震虎，告訴高宏私募，不要打我們的主意，讓他們趕緊滾得遠遠的。」林東一拳擂在辦公桌上，震得桌上的杯子差點翻倒，一股殺氣在他身上彌漫升騰。

紀建明沉聲問道：「林總，你說吧，我們該怎麼做？」

林東問道：「讓你們去查內鬼，有發現嗎？」

三人皆是搖頭，劉大頭道：「為了查這內鬼，我現在看誰都像是內鬼，但感覺又誰都不是。」

林東笑道：「不要緊，不知道也不影響。明天早上，我會突然走進資產運作部的辦公室，要你們重金買入幾支爛股，內鬼一定會把這個消息傳出去，高宏私募或許會跟著買進，一旦他們買進，哼，有得跌！」

崔廣才驚問道：「林總，這方法傷人三分，自傷七分吶，咱們有必要那麼做嗎？」

林東搖頭笑道：「別急，老崔，我已經請了高人，會對你們資產運作部的網路和電腦上的交易軟體做一些手腳，表面上那些單已經下了出去，其實並不會成功。這樣，我們還會有損傷嗎？」

崔廣才面露喜色，歎道：「高啊！這回不玩死他們才怪！」

「好了，你們下班吧，我在這等高人。」

劉大頭三人走後，林東等了一刻鐘不到，他請的高人就到了。

這個高人是蘇吳大學電腦系大四的學生彭真，和林東曾經在一個社團，二人關係非常不錯。

彭真表面上是個很普通的大學生，一眼看去便知是閉門不出的宅男，但他在國內的駭客圈子裏卻是個響噹噹的人物，參加過多次「聖戰」，與國內頂尖的駭客組成團隊，侵入過日本和美國等國家的門戶網站。

前兩天，林東打電話給彭真，將想法告訴了他，彭真立馬便告訴了他，完全不存在任何技術上的問題。

「彭真，來，請坐。」林東笑著將彭真引進了自己的辦公室。

彭真看到裝飾奢華的辦公室，再看看林東現在的樣子，簡直不敢相信眼前的這位就是那個窮得叮噹響的學長。

「林學長，畢業一年多，你都成大老闆了！我大學畢業之後若是找不到工作，你可得拉兄弟一把！」彭真看了一圈林東的辦公室，讚歎不已。

林東笑道：「彭真，說真的，學長不跟你開玩笑，我的公司需要你這樣的人才，若是你願意，馬上就可以過來實習，每個月五千，外加餐補和交通補貼。」

金鼎投資目前還沒有獨立的技術部門，溫欣瑤已有打算籌建，只是一時找不到合適的人選。彭真的能力林東是瞭解的，若是彭真肯來，他是絕對歡迎的。

「五千！哇塞……」彭真跳了起來，驚叫道：「林學長，我大四了，已經沒課了，下周就來實習，可以嗎？」

林東笑道：「彭真，金鼎投資的大門隨時為你敞開。等你正式畢業之後，如果願意，公司會與你簽訂一份正式的用工合同，到時你的待遇會更好。五千塊，是你實習期的月薪。」

彭真正為工作犯愁，如今學電腦的遍地都是，他已經面試了幾家單位，因為長相醜陋被拒絕。父母更是為他擔憂，整天唉聲歎氣，害怕他找不到工作，連媳婦也娶不上。

「太好了！這下我爸媽就不用整天嘮叨了！」

林東將彭真帶到資產運作部的辦公室，將他要的效果又複述了一遍，彭真自信滿滿，從背包裏取出筆電，讓林東將資產運作部的電腦全部打開。

「搞定！」彭真將一串代碼植入了資產運作部所有的電腦當中，「林學長，只要明天這些電腦一打開，連接到網路，便會接到我這台電腦的指令，就會出現你要的效果！」彭真當場演示了一遍，林東確認無誤之後，便和他離開了公司。

「彭真，明天上午十點鐘的時候，我要所有電腦恢復正常，可以嗎？」電梯往下降落，林東問道。

彭真笑道：「一點問題都沒有，只要我撤銷指令，那間辦公室所有的電腦都將立馬恢復正常。」

「好，今晚早點睡覺，別誤了明天的事情。」

剛到九點二十，林東準時收到了彭真的簡訊。

「學長，指令已發出！」

林東微微一笑，起身走進了資產運作部的辦公室。

「大頭、老崔，趕緊買入江河製造的股票，這支票明天必會超跌反彈！快，快下單，重倉買入！」

林東語速極快，看上去很急迫的樣子。劉大頭和崔廣才配合他演戲，立馬催促手底下的同事下單。

「大夥兒等著看吧，這支票明天估計要被拉上漲停，我從朋友那得到了消息，絕對可靠！」

林東信誓旦旦，他是資產運作部的靈魂人物，他之前的每一次預測都很準確，他的話沒人會懷疑。

「現價買入，別管它下跌。」

二十分鐘過後，林東下令讓眾人停止買入，說道：「大頭，你統計一下，看看咱們一共買入了多少手。」

劉大頭應了一聲，開始匯總資料，裝模作樣地向林東做了彙報。

「好了，就那麼多吧。沒成交的就撤單。我回辦公室了，有情況立即彙報。」

林東交代了幾句，回了自己的辦公室，發簡訊讓彭真撤銷指令，解除對資產運作部電腦的控制。

彭真收到簡訊，立即撤銷了指令。

上午收盤之後，崔廣才進了林東的辦公室，一臉喜色。

「林總，魚兒上鉤了。你走之後不久，便有大筆資金湧入江河製造，嘿，好傢伙，一口氣買了近千萬，吸走了賣盤很多籌碼。」

林東心裏鬆了一口氣，他這招將計就計算是成功了，問道：「老崔，內鬼查到了嗎？」

崔廣才搖搖頭：「有三三兩兩去廁所的，抽煙的，就是沒有單獨出去的，真不好判斷啊！」

林東笑道：「不急，總有露出馬腳的時候，我們只需小心提防和耐心等待。走，叫上老紀和大頭，咱們吃午飯去吧。」

崔廣才應了一聲，將紀建明和劉大頭喊了出來，四人一起吃午飯去了。

建金大廈十樓有個食堂，專為大廈內單位的員工提供午餐，公司大部分同事的午餐都會到這裏解決。四人到了食堂之後，加入了長長的隊伍排隊買飯。

「嘿，大頭，那不是你的手下周銘嘛，他怎麼也來食堂了？」

崔廣才眼尖，指著在麵食窗口前面排隊的周銘說道。周銘正在打電話，似乎發現了他們四個投來的目光，慌忙掛了電話，朝林東等人笑了笑。

劉大頭道：「小周老嫌咱們食堂的飯不好吃，他一向都是去大廈對面的餐廳吃飯的，今天怎麼也來食堂了？」

林東仍在回味剛才周銘的那一笑，感覺他的笑容似乎極不自然，像是強擠出來似的。

四人打好了飯菜，林東端著盤子朝周銘所坐的地方走去，在他對面坐了下來。

「周銘，不介意我坐這兒吧？」林東笑問道。

周銘抬頭笑道：「林總，您坐吧，反正又沒人。」劉大頭四人也端著盤子在周銘的周圍坐了下來，將他圍在了中間。

吃飯的時候，林東不斷挑起話題，試圖與周銘進行交流，但周銘總是敷衍幾句，草草結束話題，很少與他深入討論。林東在公司的形象一向是很親和的，經常跟員工們打成一片，大多數員工都將他視作好朋友，也樂於跟他交流。

周銘的表現很反常，林東心中暗暗記下了這點。他要了一碗麵，吃了不到一半，便對林東四人說道：「林總，各位領導，你們慢用，我先下去了。」

劉大頭瞧著周銘碗裏剩下的一大半麵條，心疼地說道：「這小子真浪費啊，白糟蹋這碗麵了。」

「大頭，你該關心關心周銘了，他可是你的兵，怎麼看見我跟看見賊似的？不會是怕我吧？」林東說。

紀建明三人看了他一眼，齊聲道：「你長成這樣，有誰會怕你？」

林東低頭無語，專心吃飯。

林東在辦公室裏盯盤，江河製造因為有高宏私募大資金的注入，竟然一度穩住了跌勢，出現了企穩回升的跡象。

林東已預知江河製造從明天開始便會有連續三四個跌停，從盤面上看，除了高宏私募掛上去的大單，買盤的力量很小，最大的也就幾百手，而賣盤則是積壓了一堆賣出委託。

「高宏私募，到底是怎樣一個蠢貨在操盤？」林東心中甚是不解，即便是一個普通的股民，見到這樣的盤面也不會下單買入，高宏私募的那個操盤手難道不懂得看盤嗎？

倪俊才在接到眼線的電話之後，也曾產生過懷疑，不過眼線很肯定地告訴他林東下令重倉買入，光他就下了幾萬手的大單，而且親眼看見成交了，這才打消了倪俊才心裏的疑雲。

聽眼線說得那麼肯定，他也未去仔細查看盤面，兼之早上的確有許多遊資進來抄底，所以他便急匆匆下了單。

倪俊才在股市裏摸爬滾打了那麼多年，深知這是一個神奇的市場，漲跌可能就在一瞬間易轉。鑒於這段時間他對林東操作手法的觀察，林東的選股能力已令他佩服得五體投地。

倪俊才心想，既然林東那麼肯定，那江河製造這支票應該會在收盤之後有重磅消息出來，而且應該是重大利好。

倪俊才彷彿已經看到了明天，開盤之後江河製造一字漲停，被紛紛湧入的資金死死封在漲停板上，連漲多日。而他成功抄底，狠狠賺了幾百萬，一舉還清了外債，從此不用低頭裝孫子做人。

高宏私募這個對手已經掉進了他設下的圈套中，林東心想他們應該會老實一陣子，接下來就可以將心思全部放在坐莊國邦股票上了。因為高宏私募的忽然出現，已經延誤了他坐莊國邦股票的計畫，不能再耽擱了。

從情報收集科收集來的消息看，並沒有對國邦集團不利的消息。林東心想，是時候該去接觸接觸國邦集團的高管了，如果能爭取到國邦集團高管的配合，那麼將對他坐莊產生重大積極的影響。

林東想到了譚明輝，這個好色且愛貪便宜的傢伙，卻不知他的哥哥譚明軍有何嗜好，如果能投其所好，必然有利於他們之間關係的加速發展，那樣的話，他爭取國邦集團高管配合的機率將會提高很多。

林東站在窗前遠眺，心想他或許應該儘早去溪州市活動活動，先不管別人，譚明輝這邊也應該去聯絡聯絡，伺機提出與譚明軍見面。

四點半不到，秦大媽已將公司裏裏外外打掃得一塵不染。她放下工具，便進了林東的辦公室。

「小林啊，大媽有些話不知當說不當說？」秦大媽有話想說，不吐不快，但又怕說出來惹林東不高興。

林東笑道：「大媽，我知道您的性子，話憋在心裏不說出來，吃不下睡不香的，您就放心大膽說吧。」

「哎，那我就說了，你聽了別放在心上。剛才我去大廈的洗手間接水的時候，聽到男廁所裏有個人在打電話，說什麼你已經懷疑他了，他該怎麼辦。你是做領導的，不要總是懷疑下屬，不然手底下的人怎麼安心做事？大媽沒讀過書，但是道理還是懂一些的。」秦大媽將林東當自家的孩子看待，從內心裏希望林東的公司蒸蒸日上，便出言提醒他。

林東聞言，忽然大喜，忙問道：「大媽，你看到了那人長什麼樣了嗎？」

秦大媽點點頭：「看到了，挺白淨的一個小夥子，頭髮不長，梳個三七開的分頭，黑西裝，藍襯衫，手裏拿的手機跟你用的一樣。」

林東說道：「大媽，這件事您別跟任何人說，我會好好找他聊一聊的，我想他對我應該是有點誤會。」

「那就好，那我回去了，你忙吧。」

林東將秦大媽送到門外，一轉手，臉一冷，目中射出兩道寒光。秦大媽看到的那人正是周銘，他苦苦尋找已久的內鬼！

「嘿，總算讓我找到你了！」

林東將劉大頭三人叫到了辦公室，吩咐他們停止調查內鬼。三人不解，問了幾句，林東卻不告訴原因，只是讓他們照做。三人也就不再多問，聽從他的吩咐。

「哥仨好好準備準備，咱們的坐莊大計很快就要動手實施了。對了，老紀，讓你的人不要放鬆對高宏私募的調查，到底是誰給這家私募注入的資金，我們至今還沒找到半點眉目，這始終是我的一塊心病！」

紀建明道：「放心，我會加派人手去調查的。」

林東坐在電腦前，不慌不忙地點了支煙，似笑非笑地盯著螢幕。

江河製造一開盤就暴跌，已經下跌了七個點。資產運作部那邊已經炸開了鍋，眾人譁然，認為他們堅信不會選錯股票的老總終於失手了！

「完了，這次公司虧大了……」

口袋裏的手機震個不停，周銘起身，說道：「我去上個廁所。」

出了公司，周銘去了一趟廁所，然後進了樓梯的轉角處，警惕地看了看四周，接通了電話。

倪俊才破口大罵：「終於肯接我電話了？我還以為你跑了呢！周銘，怎麼會這樣？為什麼股價會跳水？你告訴我！」

倪俊才幾乎是歇斯底里的怒吼，他坐在電腦前，滿心的希望突然間破滅，美夢變成了噩夢。

周銘也是心急如焚，他不知道為什麼會這樣，低聲道：「倪總，或許是還未調整到位，要不我們等一等？」

就在他說話的時候，江河製造已經全線失守，被幾萬手大單死死按在跌停板上。

買盤寂寥，成交量少得可憐。

倪俊才根本就不相信周銘說的調整還未到位之類寬慰他的話，他很想立即割肉走掉，可他不是一般的小散戶，手裏捏著將近一萬手的大單，現在這種情況，沒有人接單，他根本就拋不出去。

「林東那邊什麼反應？」倪俊才努力使自己鎮定下來，問道。

經他那麼一問，周銘忽然察覺到很不對勁，江河製造的股價如此狂瀉，怎麼林東一點反應沒有？

「他、他……沒反應，今天還沒在資產運作部的辦公室出現過，一直在他自己的辦公室裏。」

倪俊才壓根不相信林東會那麼淡定，頓時起了疑心，怒道：「周銘！是不是你和林東串通好了整我？你竟然背叛我！」

周銘百口莫辯，警惕地看著四周，聽到腳步聲傳來，慌忙掛斷了電話，深吸了一口氣，恢復正常的表情，走回金鼎投資公司的辦公室。

進了資產運作部的門，看到崔廣才、劉大頭兩人正在喝茶聊天，有說有笑，心頭大驚，心道：難道江河製造的股價大跌他們不關心嗎？

周銘坐了下來，進入帳戶，點開持倉，卻發現根本沒有江河製造這支股票。他以為自己看漏了，仔仔細細數著看了一遍，卻仍未看到有江河製造這支股票。

周銘的心崩塌了！

「怎麼可能？明明是我親手下的單，親眼看到的成交，為什麼會沒有呢？」

周銘抓破腦袋也想不明白，但是有一點很清楚，他被林東利用了，連累倪俊才損失慘重。

劉大頭見周銘抓耳撓腮，一副急躁的樣子，走了過來笑道：「小周，熱嗎，要不要把空調開低點？」

周銘慌忙掩飾自己的慌張，笑道：「多謝領導關心，沒事的。」

劉大頭笑著走開了，不久，周銘又起身出了辦公室，正碰見朝資產運作部辦公室走來的林東。林東朝他一笑，周銘本能地避開了他的目光，低頭與他擦肩而過。

周銘蹲在廁所裏半天也沒出來，一直在和倪俊才簡訊交流，他不敢把金鼎根本沒有買進江河製造的真相告訴倪俊才，一旦這個消息被他知道，倪俊才一定不會放過他。

當初倪俊才找到他，給了他五萬塊錢，要他將金鼎投資的操作思路及時透露給他。周銘經不起金錢的誘惑，猶豫了一下，收下了倪俊才的錢。

「唉，早知今日，何必當初！」

周銘後悔不已，若是有可以重新選擇的機會，他絕對不會收倪俊才的錢，如果不是收了倪俊才的錢，現在也不至於淪落到進退兩難的地步。

周銘心知金鼎投資是不能再留了，得趕緊辭職走人，但一想到那令人羨慕的月薪和極好的福利，他又於心不忍，不禁為當初的愚蠢行為深深自責起來。貪圖眼前的蠅頭小利，以至於必須要放棄那麼好的一份工作。

周銘心算了一下，虧大了！

林東將紀建明三人叫到了他的辦公室，說道：「從收集來的情報來看，國邦集團效益很好，今年的增長比較顯著，和他們對外公佈的差不多。這幾天我們應該開始回籠資金了，做好準備，我們要坐莊了。」

紀建明似有顧慮，說道：「林總，內鬼還沒揪出來，我們現在就坐莊，一旦他洩露了我們的計畫，對手摸清了我們的底細，處處占得先機，那樣將陷我們於絕對的被動地位啊！」

「是啊，我也覺得老紀的話很有道理。」劉大頭與崔廣才同聲道，「我們現在就行動，是不是太草率了？」

林東等他們說完，笑道：「我明白你們的擔憂，如果我沒猜錯，過不了幾天，內鬼就會主動辭職的。我只是讓你們做好準備，把資金準備好，真正的行動應該還會押後幾天，這幾天我要去溪州市跑跑。」

紀建明見他如此胸有成竹，也不多說，「林總，我已經加派人手去調查高宏私募了，不過目前仍未有有價值的消息傳來。」

「繼續盯著，不摸清他背後的金主，我寢食難安。」

高宏私募前段時間已接近破產，為何突然之間注入了大筆資金，而這筆資金又是針對金鼎投資而來，這令林東不得不費心關注。

明天就是週末了，高倩再一次打電話來問他打算什麼時候去面見父親，林東想了想，便答應這個週末過去。高倩聞言大喜，歡天喜地準備去了。

下班之後，麗莎打來電話：「林先生，請問你今晚有空嗎？」

「沒什麼事情，怎麼了？」林東答道。

麗莎喜道：「那你可不可以到我家裏來一趟，我臥室的燈壞了，我想請你幫忙修一下？」

林東知道去了便意味著什麼，他承認麗莎的美麗令他著迷，不過他與麗莎發生那種關係卻與愛無關，完全是一個男人本能的衝動。他也清楚，若是再次見到麗莎，他仍然會把持不住，但是想到高倩，林東心頭一暖，同時也滿心愧疚。

「麗莎，不好意思，我不會修電燈，你打電話給物業吧，他們有專人做，不好意思。」林東按捺住血液裏的衝動，拒絕了麗莎的請求。

麗莎歎息一聲，聲音中充滿失望，情緒低落：「好吧，明天就是週末了，我要對你進行培訓，騰出時間來。」

麗莎雖然喜歡林東，但以她的性格是絕不會去纏著一個男人的。活得瀟灑自在，才是她的人生觀。

周銘回到家中，和倪俊才通了電話。

「倪總，林東貌似知道我是內鬼了，他看我的眼神不對勁啊！」

倪俊才一天之內損失了近百萬，恨不得把周銘剝皮生吞了，怒道：「你去死吧，最好讓林東發現你，揍死你！」

周銘手中還握著籌碼，冷笑道：「倪總，說話不要那麼難聽嘛，兄弟現在沒路走了，你總得賞口飯吃吧？」

「你還訛上我了是吧？你來，看我不廢了你！」汪海一共給了倪俊才四千萬的資金，他拿出四分之一投入了江河製造，一天就損失了一百萬，照今天的盤面看，這支股票還會有幾個跌停。那樣一來，前期賺的錢估計全都得賠進去。

倪俊才的心在滴血，目露凶光，他將林東視作害他的罪魁禍首，心裏恨透了。

「倪總，難道就不想知道林東下一步的計畫嗎？既然您沒興趣，罷了，我也不多嘴了，掛了。」

周銘掛了電話，倪俊才沉思了片刻，拿起電話，打了過去。

「周銘，我們談談吧。」他對周銘還抱有一線希望，心想這孫子或許真的知道什麼。

周銘笑道：「倪總，你貴人事多，不用浪費寶貴時間了，就在電話聊吧。」

「好，說說你知道些什麼。」

「我知道林東下一步要坐莊的股票！」

周銘聞言，一掃頹唐之色，急道：「什麼？快告訴我！」

「倪總，天下哪有這樣的好事，你要我告訴你，我就告訴你？別那麼天真好不好……」周銘陰笑道。

倪俊才冷靜下來，說道：「說說你的條件吧。」

「很簡單，」周銘笑道，「我要和你聯手對付林東，擊垮金鼎投資！」他受不了被林東當做猴耍，此刻一心只想報復。

「哦，你是要進我的公司？」

「我要月薪三萬，並且要全程參與到打倒林東的行動中。」

周銘在金鼎投資工作了一段時間，對金鼎投資內部以及林東的操作手法非常熟悉，他知道自己的價值，所以才敢獅子大開口，要那麼高的薪水。

「成交！」

倪俊才想也未想便答應了下來：「小周，你下週一就過來上班吧，我代表公司上下歡迎你！」

周銘嘿嘿乾笑了幾聲，他早已收拾好了行李，就等倪俊才這句話。

請續看《財神門徒》之四　神鬼無間

財神門徒 之3 金鼎一號

作者：劉晉成
發行人：陳曉林
出版所：風雲時代出版股份有限公司
地址：105台北市民生東路五段178號7樓之3
風雲書網：http://www.eastbooks.com.tw
官方部落格：http://eastbooks.pixnet.net/blog
Facebook：http://www.facebook.com/h7560949
信箱：h7560949@ms15.hinet.net
郵撥帳號：12043291
服務專線：(02)27560949
傳真專線：(02)27653799
執行主編：劉宇青
美術編輯：許惠芳

法律顧問：永然法律事務所 李永然律師
　　　　　北辰著作權事務所 蕭雄淋律師

版權授權：蔡雷平
初版日期：2015年6月
初版二刷：2015年6月20日
ISBN：978-986-352-166-2

總 經 銷：成信文化事業股份有限公司
地　　址：新北市新店區中正路四維巷二弄2號4樓
電　　話：(02)2219-2080

行政院新聞局局版台業字第3595號 營利事業統一編號22759935

定價：280元　特價：199元

國家圖書館出版品預行編目資料

財神門徒／劉晉成著. -- 初版-- 臺北市：風雲時代，
2015.04 -- 冊；公分

ISBN 978-986-352-166-2（第3冊；平裝）

857.7　　104003800

風雲時代